DUMONT

Durch einen anonymen Brief erfährt Juno von ihrem Erbe: ein Fischerhaus in der Bretagne. Aber wider Erwarten ist sie nicht die Einzige, die sich für das Haus interessiert. Die französische Kellnerin Julie hat sich dort eingenistet, und auch Jan, ein Architekt aus Deutschland, ist oft zu Besuch. Acht Jahre nach dem Tod ihres Vaters eröffnet sich für Juno ein neuer Blick in die Vergangenheit. Die Reise in die Bretagne wird für sie zu einer Reise in ihre Familiengeschichte. In eine Kindheit, in der sie glücklich war und mit ihren Eltern ein scheinbar idyllisches Vorstadtleben geführt hat. Bis zu dem Zeitpunkt, an dem alles anders wurde.
Sommertöchter ist eine Familiengeschichte voller Liebe, ein Roman gegen das Alleinsein. Lisa-Maria Seydlitz nimmt ihre Leser mit in einen Sommer, in dem man traurig sein darf und Trost erhält.

Lisa-Maria Seydlitz wurde 1985 in Mannheim geboren, wo sie inzwischen auch wieder lebt. Sie studierte am Institut für Literarisches Schreiben der Universität Hildesheim sowie an der Université de Provence Aix-Marseille. ›Sommertöchter‹ ist ihr erster Roman.

Lisa-Maria Seydlitz

Sommertöchter

Roman

DUMONT

FSC
www.fsc.org
MIX
Papier aus verantwortungsvollen Quellen
FSC® C083411

März 2013

Umschlag: glanegger.com, München
Umschlagabbildungen: *Magnolia grandiflora,* Georg Dionys Ehret, 1744
© The Natural History Museum, London; © jannoon028 / Shutterstock
Gesetzt aus der Dante
Gedruckt auf säurefreiem und chlorfrei gebleichtem Papier
Druck und Verarbeitung: CPI – Clausen & Bosse, Leck
Printed in Germany
ISBN 978-3-8321-6220-7

www.dumont-buchverlag.de

für Marlene

MEIN VATER SOLL HEUTE zurückkommen. Seit einer Stunde warten wir zwischen Sonnenblumen und Fingerhut im Garten. Meine Mutter läuft Schleifen im Gras und tritt mit den Sandalen auf herabgefallene Kirschen, rote, ungleichmäßige Schlieren zeichnen ihre Knöchel. Immer wieder geht sie die Treppe hinauf zum Haus, bleibt im Türrahmen stehen und horcht, ob das Telefon klingelt. Die Eiswürfel in der Glaskaraffe auf dem Gartentisch sind längst geschmolzen. Meine Mutter hat mich gekämmt und mir die Haare streng nach hinten gebunden, der frisch geschnittene Pony klebt an meiner Stirn. Meine Mutter hat neue Kleider gekauft, rot mit gelben Punkten für mich, für sie in weiß. Abends nach der Arbeit war sie noch in der Stadt, suchte das Richtige für heute. Sie streicht ihr Kleid glatt und schaut zu mir herüber. Ich sitze am Tisch, spiele mit den Raupen. Daumen und Zeigefinger bilden rechte Winkel, für die Raupen gibt es kein Entkommen.

Meine Mutter und ich halten Ausschau, blicken über das Feld, das direkt hinter unserem Garten beginnt, aber noch ist da nichts, kein Windstoß, keine Bewegung, kein Auto. Ein paar Mal gehe ich zum Tor, klettere auf den Pfahl, lege die flache Hand an die Stirn, so wie Seefahrer es tun. »Wir hätten ihn abholen sollen«, sagt meine Mutter, die Arme in die Seite gestemmt, Schweißperlen laufen ihr über die Stirn, »wir hätten ihn abholen sollen«, sie wiederholt den Satz, »wir hätten mit dem Zug zu ihm fahren und ihn mitnehmen sollen.« Sie zieht mit den Händen mein Kleid glatt, klopft es ab, als hätte ich mich dreckig gemacht.

Der Himmel ist noch immer strahlend blau, als der Kombi durch das Tor fährt und in den Schotterweg einbiegt. Alle Scheiben sind heruntergekurbelt, Vaters Ellenbogen ragt durch das Fenster.

Die Tür geht auf. Mein Vater steigt aus und ich renne los. Er breitet die Arme aus. »Hallo«, rufe ich, und dann klebe ich an seiner Brust, »endlich bist du wieder da.« Ich spüre, wie er nickt, seine Wange an meiner Wange. Ich schließe kurz die Augen und atme seinen Geruch ein, den ich so vermisst habe. Er hält mich von sich weg, schaut mich an. »Na«, sagt er. Meine Mutter kommt und öffnet den Kofferraum, nimmt die Ledertaschen, und als mein Vater mich auf dem Boden absetzt, steht meine Mutter neben uns und gibt ihm einen Kuss auf die Wange. »Endlich«, sagt sie und umarmt ihn. Ich umrunde das Auto, im Kofferraum steht ein Blumentopf. Die Blütenköpfe hängen hellblau und satt am Stängel. Ich klettere in den Kofferraum, Sandkörner drücken sich in meine Knie, erst ziehe ich am Topf, dann schiebe ich ihn, Erde tritt über den Rand wie Wasser, das überkocht. Sie bedeckt die Kofferraummatte, und mit einem Mal kippt der Topf. Ein dumpfes Geräusch und er liegt auf dem Boden, zwei Teile, ein sauberer Schnitt. Meine Eltern drehen sich um, mein Vater starrt auf die Blume, meine Mutter schüttelt den Kopf. »Das habe ich euch mitgebracht«, sagt er.

Wir lassen die Fenster den Tag über geschlossen, so versuchen wir, die Hitze aus dem Haus auszusperren.

Mein Vater läuft irritiert durch den Flur, sieht die neuen Bilder an der Wand. Alles, was vorher dort hing, Poster von Ausstellungen, ein Kalender und Fotografien von Landschaften, die auf ihren gemeinsamen Reisen vor meiner Geburt entstanden, hat meine Mutter abgenommen und in den Müll geworfen. Die letzten drei Sonntage klingelte ihr Wecker um sechs. Sie stand auf, band sich die Haare zum Dutt und fuhr mit dem Fahrrad zu den Flohmärkten der Umgebung. Sie war längst zurück, wenn ich aufstand, und hatte alte Rahmen und Bilder mitgebracht. Später am Tag kniete sie auf der Terrasse, ein Tuch im Haar. Mit einem Schwamm in der Hand putzte und polierte sie die Rahmen, grau gefärbtes Wasser lief die Stufen zum Garten hinab.

Im Wohnzimmer bleibt mein Vater stehen. Meine Mutter und ich haben eine Wand frei geräumt und die Möbel in die Mitte des Raumes gerückt. Sie hat helle Farben gekauft, weiß und beige, sie hat Malerrollen und Abtropfsiebe bereitgestellt und Hüte aus Zeitungspapier gefaltet. Daneben hat sie Stoff und Borten gelegt. Sie wolle Vorhänge nähen, sagt sie und schlingt die Arme um Vaters Oberkörper. Sie habe sich die nächsten Tage frei genommen und zum ersten Mal eine Aushilfe in der Buchhandlung eingestellt. Mein Vater fährt mit der Hand die Raufasertapete entlang. »Lass uns neu anfangen«, sagt meine Mutter, »ich habe alles vorbereitet.«

ES IST EIN TAG im Juli, als ich den muschelweißen Umschlag in meinem Briefkasten finde.

Ich fahre mit meinem Fahrrad durch die Hitze, die flirrend auf den Kreuzungen steht. Der Schweiß sammelt sich in meinen Haaren und läuft den Rücken hinunter. Die Schüler ziehen Richtung Freibad und vor den Eiscafés drängen sich Anzugträger und Studenten. Ich fahre mit meinem Fahrrad durch die Stadt, ohne wie sonst auf Autos aufpassen oder den Fußgängern ausweichen zu müssen. Ich denke darüber nach, mir einen Ventilator zu kaufen, aber Ventilatoren sind in den Kaufhäusern bestimmt schon seit Tagen ausverkauft. Ich fahre nach Hause, um zu duschen, die Kleider zu wechseln und die Blumen im schattigen Teil meiner Wohnung zu gießen.

Ich bin froh über die Kühle, die mich zwischen den gefliesten Wänden im Hausflur empfängt. Ich öffne den Briefkasten. Eigentlich bekomme ich nur dann Post, wenn ich etwas im Internet bestelle, das ich sonst in keinem Laden der Stadt bekomme. Als ich den Umschlag mit der französischen Briefmarke sehe, denke ich, der Postbote habe sich wieder einmal vertan und einen Brief für die Nachbarin bei mir eingeworfen. Doch ich lese meinen Namen, ich drehe und wende den Umschlag, finde keinen Absender, nur meine Adresse, meinen Namen, mit Tinte geschrieben auf muschelweißes Papier. Ich schaue nur auf den Brief in meinen Händen, als ich die Treppe nach oben nehme, fast stoße ich mit der Nachbarin zusammen.

»Liebe Juno, das Haus steht schon so lange leer«, so beginnt der Brief, geschwungene Buchstaben, kaum eine Seite lang. Außerdem liegt ein Polaroidfoto im Umschlag, es zeigt ein weißes Fischerhaus mit Fensterläden aus braunem Holz und einem roten Dach, davor steht ein Apfelbaum. Am weißen Bildrand ist eine französische Adresse notiert und der Name des Dorfs: Coulard.

Ich ziehe die Vorhänge zu und setze mich an den Küchentisch, als hätte ich Angst, dass mich jemand dabei beobachten könnte, wie ich von einem Geheimnis erfahre, in das nur ich eingeweiht werden soll.

Ob ich das Haus verkaufen wolle oder renovieren und an Touristen vermieten, lese ich, die Schrift sieht unsicher aus, als wüssten die Buchstaben und Wörter nicht, ob sie wirklich zusammengehören. So ein leerstehendes Haus mache sich im Ort nicht gut, der Lack von den Fensterläden blättere ab, alles verwittere. Die Zeilen sind nicht unterschrieben.

Ich kenne den Ort nicht, an dem das Haus stehen soll. Ich schalte den Computer ein und suche im Internet nach der Adresse. Das Satellitenbild zeigt ein paar Straßen und Häuser an einer blauen Küste. Das Meer dringt ins Land ein, mündet in ein Becken und wird zu einem Fluss. In einer Bucht etwas abseits liegen Boote, klein und weiß, weiter im Landesinneren Felder und grüne Flächen. Ich versuche zu zoomen, das Haus ganz nah heranzuholen, aber je näher ich dem Ort komme, desto unschärfer wird alles.

Ich weiß nichts von einem Haus, und ich kenne von Frankreich kaum mehr als die Sprache und das, was ich in der Schule gelernt habe. Ich lese den Brief wieder und wieder, lese die Worte laut. Ein Polaroid, denke ich, nur Nostalgiker fotografieren noch mit einer Sofortbildkamera.

Nachts liege ich wach im Bett, ich finde keinen Schlaf. In den Häusern gegenüber brennt noch vereinzelt Licht. Die Digitalanzeige des Radioweckers zeigt rot leuchtend 3:17 Uhr an. Ich stehe auf und gehe ins Badezimmer. Ich lasse kaltes Wasser in die Wanne und steige hinein, ich tauche so lange unter, bis ich keine Luft mehr habe und mich japsend wieder aufrichte. Ich wickle mir ein Handtuch um und setze mich mit nassen Haaren auf den Balkon, zünde eine Kerze an. Die Hitze vom vergangenen Tag liegt noch immer zwischen den Häusern. Im Schein der Kerze sieht das Haus auf dem Polaroid aus wie aus einem Märchen.

SCHON LANGE BEVOR mein Vater vier Monate in einer Klinik verbrachte, haben wir aufgehört, zusammen zu Abend zu essen. Heute, an dem Tag, an dem er mit unserem Kombi durch das Tor fuhr, ist zum ersten Mal seit sehr langer Zeit wieder der runde Tisch in der Küche für uns drei gedeckt, mit Stoffservietten und den großen Kerzenständern. Meine Mutter hat sich die Kirschsaftschlieren von den Knöcheln gewaschen. Ihr Blick wandert prüfend vom Tisch zum Herd und wieder zurück.

Die Abendsonne scheint durch das Küchenfenster. Mein Vater hebt den Deckel des Topfes an, ein würziger Geruch strömt in den Raum. »Deine Lieblingssuppe«, sage ich. Er habe großen Hunger, sagt er, und das hat er schon lange nicht mehr gesagt. Wir setzen uns an den Tisch, und während er und ich die Suppe essen, hat meine Mutter das Kinn auf die linke Hand gestützt und schaut uns an. Sie sieht uns an, wie eine Mutter ihre Kinder ansieht, die zum ersten Mal ihren Gemüseteller leer essen. Erst als wir nach einer zweiten Portion fragen, mein Vater mit einer Nudel im Mundwinkel, und sie noch einmal Suppe verteilt hat, fängt sie an, ihre Portion zu essen, sehr langsam löffelt sie den Teller leer.

Später sitzen wir im Wohnzimmer am Tisch. Es gibt Rotwein für meine Mutter, für meinen Vater und mich frische Limonade mit Eiswürfeln. Ich mag es, die Eiswürfel mit den Zähnen zu zerbeißen, ich mag das dumpfe Geräusch, das dabei in meinem Kopf entsteht. Mein Vater spielt mit den Tulpen auf dem Tisch, mit den Händen schiebt er den herabgerieselten Blütenstaub zu schmalen Linien. Manchmal steht meine Mutter auf, ihre Sandalen klacken auf dem Holzfußboden, sie stellt sich ans Fenster und schaut in den Garten. Nur vereinzelt tauchen hinter der Hecke die Scheinwerferlichter der Autos auf, die Richtung Stadt fahren. Ich strecke meinem Vater meine Füße auf den Schoß, er massiert mir die Fersen, wie er es immer getan hat. Meine Mutter beobachtet uns. Dann sagt sie zu ihm, sie habe sich Gedanken gemacht, sie habe eine Idee für seinen Geburtstag, es sei so schön, dass er seinen Geburtstag zu Hause und mit uns verbringen könne. Die Idee wolle sie noch nicht verraten, eine Überraschung solle es sein. Sie sieht mich an und ich nicke, sage »genau, eine Überraschung«, ich schüttele Vaters Hände von meinen Füßen. Er nimmt einen Schluck von der Limonade und sagt: »Ich freue mich sehr, wieder bei euch zu sein.« Er streicht meiner Mutter mit dem Handrücken über die Wange. »Eine Überraschung«, wiederhole ich und erinnere mich daran, wie meine Mutter Lampions mit nach Hause brachte und ich sie fragte, was wir feiern würden.

Morgen wolle er die Hortensie vor das Haus pflanzen, jetzt, wo der Blumentopf kaputt sei, sagt mein Vater, vielleicht neben die Terrasse, es wäre doch schön, wenn wir sie von ihr aus sehen könnten, in seiner Stimme ein fragender Ton. Ich denke, dass es ihm jetzt wieder gut geht, und vergesse die Worte meiner Mutter, die sie immer wieder während der letzten vier Monate vor sich hin gemurmelt hat.

Ich bin müde. Als ich im Schlafanzug noch einmal ins Wohnzimmer komme, liegt vor meiner Mutter auf dem Tisch ein aufgeschlagenes Buch. Sie sieht auf und sagt, jetzt werde alles besser. Als ich in mein Zimmer gehe, sehe ich meinen Vater im Bad, er putzt sich die Zähne, fährt sich mit der Hand über sein Kinn und den Bart, den er länger trägt als sonst.

DAS POLAROID HABE ICH mit Tesafilm auf das Armaturenbrett über dem Beifahrersitz geklebt. Die Adresse darauf habe ich mir eingeprägt, sage sie mir immer wieder vor wie ein Mantra. Auf dem Beifahrersitz liegt ein Atlas, in den ich mit einem roten Filzstift die Route eingezeichnet habe. In der Form eines rechten Winkels führt sie von Deutschland an die französische Atlantikküste. Ich folge auf der Autobahn intuitiv den Schildern Richtung Nordwesten, in den Atlas schaue ich nie.

Vor vier Tagen war ich das erste Mal bei meiner Mutter wegen des Briefes. Ich klingelte und trug mein Fahrrad über der Schulter die Treppen hinauf, wollte es nicht vor dem Haus oder im Gang stehen lassen. Es ist ein türkisfarbenes Rennrad mit einem goldenen, geschwungenen Schriftzug auf der Stange, ich habe lange dafür gespart. Ich stellte das Fahrrad in den Wohnungsflur, wo neben unausgepackten Taschen noch eine zusammengefaltete Luftmatratze und ein Korb standen, dazwischen auf dem Boden feine Spuren von Sand. Seit einiger Zeit fährt meine Mutter regelmäßig in den Urlaub. Sie packt Kleider für Anna, sich und ihren Freund in Taschen, lässt das Auto in der Werkstatt durchchecken und hinterlässt mir eine Nachricht auf dem Anrufbeantworter. »Wir sind zwei Wochen weg, ich hoffe, es geht dir gut.« Manchmal bekomme ich danach eine Postkarte aus Spanien, Italien, Norwegen. Aus Frankreich habe ich noch nie etwas bekommen.

»Muss das sein, die dreckigen Reifen«, sagte meine Mutter zur Begrüßung. Ihr sonst blasses Gesicht trug ein wenig Farbe. Sie fragte, ob ich ihre Karte aus Kroatien schon bekommen habe. »Ich habe das hier bekommen«, sagte ich und legte den Umschlag auf den Küchentisch, daneben das Polaroid. Meine Mutter machte uns Kaffee, dann erst griff sie nach dem Brief und las. Als sie fertig war, sah sie sich lange das Polaroid an. Sie wisse nicht, wer den Brief geschrieben habe, sagte sie, sie wisse nicht, was das solle, was das bedeute, sie schüttelte immer wieder den Kopf und goss Milch in ihren Kaffee, gab Teelöffel um Teelöffel Zucker dazu, nach dem ersten Schluck verzog sie das Gesicht und stellte die Tasse weg. Meine Mutter fragte, ob ich Kekse wolle. Ich mag kein süßes Gebäck, ich mag es schon lange nicht mehr. Sie fragte, ob ich Mittagessen wolle. Ich hatte schon gegessen. Sie stand auf und sah im Nebenzimmer nach, ob Anna noch zwischen den Bausteinen saß. Ich zählte die kleinen Teller im Schrank, es waren nicht mehr so viele wie früher, als sie noch jeden Tag in ihrer Buchhandlung arbeitete, wo sie ihren Kunden nicht nur Bücher empfahl, sondern zwischen den hohen Regalen auch Mittagessen servierte. Manchmal wechselte sie das Geschirr aus. Sie erstand immer wieder neue Teller und Schüsseln auf dem Flohmarkt, und wenn sie schließlich befand, dass sie doch nicht in den Laden passten, brachte sie sie nach Hause und wir aßen davon.

Meine Mutter blieb in der Küchentür stehen. Der Brief, fragte ich, und ob sie die Schrift erkenne, ob ihr die Adresse etwas sage, ob wir Verwandte in Frankreich hätten, von denen ich nichts wisse, ob mein Vater etwas damit zu tun habe, seine ständigen Geschäftsreisen. Sie schüttelte den Kopf. Sie kenne kein Haus, das habe sie doch schon gesagt, sie wisse nicht, wo es stehe und seit wann es mir gehöre.

Ich wusste, dass meine Mutter nicht die Wahrheit sagte. Ich stand vom Tisch auf und leerte den restlichen Kaffee in die Spüle.

UNSER HAUS HAT EINE dunkle, hölzerne Haut. An manchen Stellen wächst waldgrüner Efeu und hinterlässt helle Stellen, über die meine Mutter schimpft, wenn sie die Blätter zurückschneidet. Um das Haus liegt ein großer Garten, der von einer Hecke umsäumt wird. Die Hecke ist nicht besonders hoch. Wir müssen uns nicht vor den neugierigen Blicken der Nachbarn schützen, zum nächsten Haus sind es über hundert Schritte. Nur manchmal verirren sich Wochenendausflügler oder Rentner auf Fahrrädern vor unser Tor. Sie bleiben auf dem Schotterweg stehen, und wenn jemand von uns im Garten arbeitet, fragen sie nach den schönsten Routen über die Felder und durch den Wald, sie fragen, ob es Rehe gebe, die man durch ein Fernglas beobachten kann, sie fragen, an welcher Stelle wir schon Brombeeren gefunden hätten.

Ich wünsche mir eine Schwester, aber ich würde auch einen Bruder nehmen. Jemanden, mit dem ich in diesem Haus laut sein, Kissenschlachten machen, auf der Terrasse seilspringen oder im Garten im Kirschbaum ein Baumhaus bauen kann. Manchmal spreche ich die Frage aus. Sie bleibt im Raum stehen und es dauert lange, bis ich eine Antwort bekomme. Wenn du größer bist und auf Geschwister aufpassen kannst. Wenn deine Mutter nicht mehr so viel in der Buchhandlung arbeiten muss. Wenn wir uns entschieden haben, welches Zimmer das Kind bekommen kann. Wenn dein Vater nicht mehr so oft verreisen muss. Wenn es deinem Vater besser geht. Wenn es Sommer wird. Die Antworten sagen mir wenig, auch wenn es heißt, dann musst du aber teilen lernen. Dann bist du nicht mehr die Einzige. Dann können wir uns nicht mehr so viel leisten. Dann können wir nicht mehr in den Urlaub fahren. Dabei sind wir bislang überhaupt nur ein Mal mit dem Kombi weggefahren, wirklich weit weg, mit Pausen an Autobahnraststätten und Proviant in großen Tupperdosen, auf der Hinfahrt mit Übernachtung in einem Hotel, in dessen Keller es einen Pool gab. Mit dem Flugzeug oder dem Zug waren wir nie irgendwo.

Ich warte darauf, ein Baumhaus zu bauen, teilen zu lernen, nicht mehr allein zu sein.

NUR EINMAL STELLE ICH das Auto ab und schalte den Motor aus, zum Tanken, drei oder vier Stunden nach der Grenze.

Nachts ist die Autobahn frei. Ich drücke den Fuß immer fester aufs Gas, als seien er und das Pedal mit einer Kordel aneinandergeschnürt. Ich drehe das Radio lauter, will meine Gedanken mit französischen Chansons und aufgeregt plappernden Moderatoren übertönen, ich versuche zu folgen und verstehe von Stunde zu Stunde mehr, gewöhne mich an die Sprache.

Die Sonne geht auf, die Gegend wird karger. Ein paar Menschen sind bereits unterwegs. Ich fahre an den Rand und frage nach dem Weg, obwohl der Atlas auf dem Beifahrersitz liegt. Ich bin froh, den Klang dieser Sprache nicht vergessen zu haben. Ich habe Französisch in der Schule gelernt, drei oder vier Jahre lang, ich probiere aus, was davon übrig geblieben ist. Ich ernte irritierte Blicke. Ein Mädchen allein im Auto auf dem Weg an die Küste. Wenn ich wieder losfahre, lasse ich den Motor aufheulen und die Leute schauen mir hinterher.

Ich fahre Landstraße, immer wieder an riesigen Supermarktarealen vorbei. Dass hier die letzte Tankmöglichkeit vor England sei, steht auf einem Schild.

Als die Straße schmaler wird und in einen Weg übergeht, der sich einspurig durchs Dorf schlängelt, verlangsame ich die Geschwindigkeit. Es ist Mittag, die Sonne steht hoch über mir. Ich bin in Coulard angekommen. Kleine, unscheinbare Häuser mit abgetragenem weißem Anstrich und bunt leuchtenden Fensterläden in blau, türkis, rosa. Farben wie in dem Süßwarengeschäft, das früher auf meinem Schulweg lag. Ich gab dort heimlich mein Taschengeld für pastellfarbene Zuckerbonbons aus, die auf der Zunge prickelten.

Mein Magen knurrt, ich habe lange nichts mehr getrunken und gegessen. Ich halte Ausschau nach einem Kiosk, nach einem Souvenirshop, nach irgendetwas Essbarem oder überteuertem Trinkwasser, sehe nur Autos mit deutschen Kennzeichen, an den Frontscheiben Halterungen für das Navigationsgerät, an den Fenstern Sonnenblenden mit Tiermotiven.

Am Ende der Straße steht neben Plastikstühlen eine Tafel, darauf in Kreideschrift *»Moules Frites«*. Ich halte kurz neben dem Schild, lasse den Motor laufen und schaue mir die Bar an. Sie ist außen mit verwittertem Holz verkleidet, durch das sich Risse ziehen. In geschwungenen, blauen Buchstaben zieht sich der Name quer über die Front des Hauses: Bar du Matin. Die Tür ist weit geöffnet.

»GEBOREN WURDEST DU in der Mittsommernacht«, erzählt meine Mutter, sie wischt Staub im Wohnzimmer. Ich sei schon fast einen Monat fällig gewesen, vielleicht hatte sich der Arzt auch beim Geburtstermin verrechnet, so genau habe das keiner gewusst, sagt sie. Es war der Tag vor der Sommersonnenwende und auf einer der Wiesen hinter dem Haus meiner Eltern sah sie Menschen das Johannisfeuer vorbereiten. Sie schichteten große Holzscheite zu Haufen, um sie bei Anbruch der Dunkelheit anzuzünden. Jedes Jahr begrüßen die Bewohner der Stadt den Sommeranfang mit dem Feuer, und wenn die Scheite später am Abend heruntergebrannt sind, dürfen die Kinder über die Glut springen, die Jüngeren an den Händen ihrer älteren Geschwister.

Die Sonne scheint ins Wohnzimmer. Ich puste gegen den Staubteppich auf der Fensterbank und es sieht aus, als würde der Staub jetzt in der Sonne tanzen. Meine Mutter wedelt mit der Hand in der Luft herum und muss niesen.

Als die Wehen begannen, habe sie noch Sonnenblumen im Garten geschnitten, die sie auf dem Küchentisch zu einem Stillleben drapieren wollte. Sie stand mit nackten Füßen mitten im Beet, ihr Kleid spannte sich über ihren Bauch, und als sich das Wasser über ihre Füße ergoss, ging sie über die Treppe ins Haus zum Telefon und rief sich selbst ein Taxi. Und noch im Krankenhaus trug sie ihren Strohhut, bis eine Krankenschwester fragte, ob sie ihn ihr abnehmen solle oder ob der Hut so etwas wie ein Glücksbringer sei, wo doch der Mann noch fehle. Meine Mutter schüttelte den Kopf und sagte, sie solle ihr den Hut abnehmen, schnell, sie habe ihn einfach vergessen, und der

Mann, der komme noch, ganz sicher komme er noch rechtzeitig.

Mein Vater schaffte es noch ins Krankenhaus und schnitt sogar die Nabelschnur durch. Das Hemd klebte nass an seinem Rücken, an den Schläfen lief der Schweiß. Erst als ich gebadet und in Tücher gewickelt auf dem Bauch meiner Mutter lag, traute er sich, mich anzufassen, nur auf den Arm nehmen wollte er mich noch nicht. Er wolle mich erst ein wenig anschauen, habe mein Vater gesagt.

Meine Mutter legt den Staublappen auf die Fensterbank. Ich lausche ihr auf dem Boden sitzend, ziehe gerade so fest an den Fäden des Flokatis, dass sie nicht ausreißen. Meine Mutter inspiziert den Stoff des Vorhangs, blickt aus dem Fenster auf den Kirschbaum, umfasst das Medaillon auf ihrer Brust und drückt es, als sei es Knetmasse. »Vielleicht wäre es auch ohne ihn gegangen«, sagt sie etwas leiser, als wolle sie nicht, dass ich es höre, als denke sie es nur. Und dann erzählt sie, wie mein Vater mich im Jahr nach meiner Geburt auf dem Rücken und manchmal auf dem Bauch trug, mein kleiner Körper eingeschlagen in ein großes gewebtes Tuch, mein Kopf lag auf seiner Brust oder in seinem Nacken. Er habe immer gelächelt, wenn er mich getragen habe, wenn er mit mir in den Wald zu den Bisons und Rehen gegangen sei, oder die langen Wege durch die Weizenfelder.

Ich setze mich auf den großen Sessel am Fenster zur Terrasse. Ich schaue auf den Kirschbaum und den Schuppen aus dem morschen Holz, ich drehe den Kopf und schaue aus dem anderen Fenster, auf die Hecke und die Straße, auf der sich nichts bewegt.

Ich stelle mir vor, es gäbe ein Haus direkt gegenüber, in dem Nachbarn wohnen, eine Familie oder zwei, ich stelle mir vor, das Haus stünde dort, wo der Kirschbaum steht, so würde man nachts, wenn es stürmt, nicht mehr den Kirschbaum ächzen hören, sondern Licht im Haus der Familie gegenüber brennen sehen. In der ersten Etage lebt eine Puppenhausfamilie. Die Kinder tauchen mal in einem Zimmer auf und dann in einem anderen, sie tragen Schüsseln und Teller zum Esstisch, zünden langstielige Kerzen an und rühren in Töpfen. Sie sitzen mit ihren Eltern an einem Tisch, der beinah eine Tafel ist, sie lachen, das Gespräch ebbt nie ab, denn es gibt immer noch etwas zu erzählen. Mit Schwung räumen sie nach dem Essen den Tisch ab, der jüngste Sohn dreht die Stereoanlage auf, sie nehmen sich an den Händen, alle tanzen ein bisschen, die Tochter sitzt auf den Schultern des Vaters.

Ich wickle meine Haare um die Zeigefinger wie Korkenzieher.

ICH HABE BEIM EINPARKEN mit dem Heck einen Transporter touchiert. Ein Mädchen lehnt jetzt am Eingang zur Bar, sie schaut nicht auf, obwohl sie den Zusammenstoß gehört haben muss. Sie trägt ein rotes, knielanges Kleid. Sie raucht und beobachtet gelangweilt einen kleinen Vogel, der vor ihren Füßen Krumen aufpickt. Ihr dickes, hellbraunes Haar ist weit oben am Kopf zu einem Pferdeschwanz gebunden. Ich schaue mich um, suche einen Fotografen, der sie für eine Modezeitschrift ablichtet, sehe niemanden.

Ich steige aus und bin nervös, als erwarte mich jemand, als säße jemand in der Bar, der mir meine Geschichte erzählen, meine Erinnerungen mit seinem Wissen auffüllen und so die Lücken schließen wolle, von denen ich erst seit ein paar Tagen vermute, dass es sie geben muss.

Das Mädchen schnippt die Zigarette weg und schreibt mit den Armen große, scheuchende Bewegungen, als vertreibe sie einen Eindringling, den sie gerade beim Griff in die Kasse erwischt hat. Ihr Pferdeschwanz springt von der einen Schulter zur anderen.

Ich folge ihr in die Bar. Sie ist auch innen mit Holz ausgekleidet. Hinter dem Tresen ein vierstöckiges Regal, in dem Spirituosen stehen, die Holzstühle sind mit rotem Samt bezogen. Das Mädchen beginnt zu schimpfen, ich weiß nicht, wen sie meint, hier ist niemand außer uns. Dann höre ich das aufgeregte Flattern, sehe den kleinen Vogel, der von einer Ecke des Raumes in die andere fliegt, der sich verirrt hat und geradeaus auf die Scheibe zufliegt. Ein hohler Klang, als sein Schnabel gegen die Scheibe knallt, sein Körper an Glas. Das Mädchen verzieht das

Gesicht, als habe sie etwas Ungenießbares herunterschlucken müssen. Ich warte kurz, aber sie rührt sich nicht vom Fleck, also nehme ich ein Geschirrhandtuch von der Kaffeemaschine, knie mich auf den Boden und lege es über den kleinen Körper. Ich umfasse den Vogel und trage ihn aus der Bar, setze ihn auf einen Plastikstuhl vor der Tür. Ein paar Augenblicke benötigt er, um sich zu orientieren, dann hüpft er auf die Armlehne und fliegt weg.

»ERZÄHL MIR VON FRÜHER«, sage ich zu meiner Mutter und lenke den Drachen über das Feld, weiche großen Strohballen aus. Unser Kirschbaum ist ein orangeroter Fleck in der Ferne. Plötzlich ein schneller, gerader Sturz und der Drachen bleibt zwischen den Weizenstoppeln stecken. Ich renne hin und ziehe ihn heraus.

Es ist Wochenende und mein Vater ist wieder auf Geschäftsreise, irgendwo in Lyon, Montpellier, Bordeaux oder Nantes, meine Mutter kann sich die Namen nicht merken. Wenn ich sie frage, wo mein Vater diesmal ist, zählt sie die großen französischen Städte auf.

Am Spätnachmittag wird er mit dem Zug zurückkommen, diesmal hat er ein Ticket gekauft, auch wenn er lieber den Kombi nimmt, aber der Arzt hat gesagt, er müsse sich erstmal an die neuen Tabletten gewöhnen. Bis sein Zug am Hauptbahnhof hält, schicken meine Mutter und ich abwechselnd den Drachen in den Himmel und hören das scharfe Summen, das die straff gezurrte Leine im Wind macht.

Meine Mutter erzählt mir, wie es damals war, als mein Vater den Anruf von einem Nachlassgericht bekam und erfuhr, dass er geerbt habe, von seinem Großonkel oder seiner Großtante, ganz genau verstand er es selbst nicht. Plötzlich hatte er sehr viel Geld auf dem Konto. »Lass uns ein Haus am Stadtrand kaufen«, sagte er, »mit Garten und Blick auf die Felder und Wiesen.« Meine Mutter schaut mich an, den Drachen in der Hand, sie hätten niemanden nach einer Meinung dazu gefragt und das Haus bar bezahlt. Sie zählten auf der Terrasse die großen Scheine ab und drückten sie dem Verkäufer in die Hand.

Meine Mutter malt mit dem Drachen Achter in den Himmel, ich feuere sie an und springe um sie herum. Der Drachen stürzt in einen Kastanienbaum am Rande des Feldes, sein bunter Schweif in den Blättern wie eine Girlande.

DAS MÄDCHEN MUSTERT MICH, ich bin der einzige Gast. Ich strecke ihr das Geschirrtuch entgegen, doch sie nimmt es nicht, ich lege es auf den Tresen. Lampen wie gläserne Kelche hängen an der holzvertäfelten Wand. Bis ich mich auf einen der samtenen Stühle gesetzt habe, fixiert mich das Mädchen, als habe sie den Verdacht, ich wolle etwas mitgehen lassen, als würde ich mich im nächsten Moment umdrehen, eine Spraydose aus der Tasche nehmen und die Wand mit einer Parole bemalen. Hinter dem Tresen senkt sie ihre Arme tief ins Spülwasser. Ich nehme die Speisekarte von einem anderen Tisch, *»Moules Frites, s'il vous plaît«*, sage ich laut in ihre Richtung. Sie antwortet nicht, ruft nur etwas in die Küche hinter der Schwingtür, die auch die Eingangstür zu einem Saloon sein könnte.

Die Bar du Matin ist eine richtige Bar, keine Touristenkneipe mit überhöhten Preisen. Auf der Speisekarte stehen die Standard-Drinks, ein paar Gerichte und Kaffee. Die Einrichtung ist schon viele Jahre alt, das Holz hat Risse und Löcher, abgesprungener Lack, trotzdem wirkt alles sehr liebevoll und gepflegt.

Der Atlas, in dem auch Coulard und ein paar umliegende andere Dörfer abgebildet sind, liegt vor mir auf dem Tisch, mit den Fingern fahre ich den Weg von der Bar zum Haus nach. Es steht am Rande des Dorfes, nur wenige Minuten mit dem Auto, schätze ich, zu Fuß vielleicht eine Viertelstunde. Das Mädchen schüttelt den Schaum von seinen Unterarmen und tritt mit dem rechten Fuß die Tür zur Küche auf. Wenig später kehrt sie zurück, balanciert zwei Teller auf ihrem linken Arm. Mit nassen Händen serviert sie mir die bestellten *Moules Frites*. Sie beugt sich vor, ein goldenes Medaillon an einer feingliedrigen Kette baumelt vor meinem Gesicht, es ist ein Medaillon, wie es meine Mutter früher trug, man konnte es aufklappen und Bilder hineinstecken, auf jede Seite eins, aber klein mussten die Bilder sein, sehr klein, wie für ein Puppenhaus. Manchmal fragte ich meine Mutter, warum kein Bild darin sei, warum sie nicht eins von meinem Vater hineinlege, oder eins von mir. Weil sie keins habe, sagte sie dann, so kleine Bilder gebe es heutzutage gar nicht mehr, das ginge einfach nicht.

Ohne ein Wort stellt das Mädchen die Teller auf den Atlas. Drei heruntergefallene Pommes hinterlassen Fettflecken auf der Dorfstraße und dem Kreuz, das ich eingezeichnet habe.

Ich lege ein paar Münzen auf den Tresen. Das Mädchen sieht aus, als wolle sie mich verscheuchen wie den Vogel. Ich zeige ihr den Atlas und tippe mit dem Finger auf das Kreuz, dorthin, wo das Haus ungefähr stehen müsste. Ich versuche es mit Englisch und frage, ob sie es kennt. Sie schüttelt den Kopf. Es scheppert blechern, als sie das Geld in die Kasse wirft. Ich probiere es mit dem Polaroid. *»Connaissez?«*, versuche ich es erneut auf Französisch. *»Don't speak English«*, sagt sie und wischt mit dem Lappen über die Theke.

IMMER WENN ICH EINE Ahnung davon bekommen will, wie es war, bevor es mich gab, als meine Mutter und mein Vater noch ohne mich waren, gehe ich ins Wohnzimmer und setze mich auf den Flokati vor das schmale Sideboard aus Teakholz, das fast die ganze Wand einnimmt, auf dem aber nie mehr als zwei kleine Blumenvasen stehen, die eine etwas größer als die andere, und ein Foto in einem Rahmen mit feinem Goldrand. Wir haben keine Ahnengalerie im Wohnzimmer hängen, es gibt bei uns keine kleinen, runden Holzrahmen, aus denen seriös Köpfe in schwarz-weiß oder sepia blicken. Dieses Foto im goldenen Rahmen ist das einzige Foto, das in unserem Haus sichtbar platziert ist. Mutter trägt darauf einen Papierhut, Vaters dunkle Cordhose ist voller weißer Farbflecken, sie sind beide noch sehr jung, 20, vielleicht 22. Sie stehen zwischen Farbeimern, Pinseln und Tapetenrollen, das Frühlingslicht scheint durch die Wohnzimmerfenster und beide lachen. Meine Mutter, wie sie die Arme nach oben streckt, in der linken Hand die Farbrolle am Stiel, und mein Vater, von dem man nur das Profil sieht, weil er meine Mutter anschaut.

Ich drehe mich im Kreis, drehe mich immer schneller, bis alles verschwimmt. Ich schließe die Augen und stelle mir meine Mutter und meinen Vater und mich vor, wie wir renovieren und unsere Handabdrücke an der Wand hinterlassen, meine Finger in der Mitte, halb so groß wie Vaters. Ich lasse mich auf den Flokati fallen, ich liege auf dem Rücken und zähle die Sterne vor meinen Augen.

AUF DEM WASSER LIEGT die Gischt wie eine Spitzenborte. Die Küste windet sich vierzig Meter in die Tiefe. Ich trete einen Schritt zurück, schaue mich um. Auf der anderen Seite lese ich Straßenschilder: Rue du Petit Loch, Rue de la Plage, Route des Galets. Ich drehe mich wieder zur Küste. Würfe man einen Stein in die Gischt oder spränge hinunter, mit dem Kopf voraus, die Hände gestreckt und gefaltet, das Geräusch des Eintauchens wäre oben nicht zu hören.

Vor zwei Tagen war ich das zweite Mal bei meiner Mutter. »Ich fahre nach Frankreich«, sagte ich abends zu ihr durch die Sprechanlage. Sie drückte auf den Summer. »Ich fahre an die Küste«, wiederholte ich, als ich oben in ihrer Wohnung im Flur stand, noch bevor ich die Schuhe ausgezogen und die Tasche abgelegt hatte, »ich fahre zum Haus.« Sie verschränkte die Arme, »der Brief«, sagte sie und ich nickte. Anna kam aus dem Wohnzimmer, umschlang mit ihren kurzen Armen Mutters Knie und schaute zu mir, ihr Kinn an die Brust, die Lippen zum Schmollmund geformt. »Der Brief«, wiederholte meine Mutter, und dann sagte sie »okay«. Und als ich schon ansetzte zu sagen: »Ich fahre auch, wenn du dich weigerst, etwas zu sagen und dich zu erinnern«, da forderte sie mich auf zu warten und gab mir ein Zeichen, ich solle in die Küche gehen. Sie gab Anna einen Klaps in meine Richtung. Anna auf dem Schoß, hörte ich, wie meine Mutter die Wohnung verließ.

Meine Mutter, die kurz darauf wiederkam, ein wenig außer Atem. Meine Mutter, die mir einen Schlüsselbund in die Hand drückte, drei lange Eisenschlüssel mit rechteckigem Bart, wie man sie früher hatte. Wo sie sie die ganze Zeit gelagert hatte, weiß ich nicht.

»Gute Reise«, hörte ich meine Mutter sagen, sie trat einen Schritt zurück, Anna an ihre Brust gepresst, sie sagte es, als würden wir uns morgen wieder sehen, sagte »Gute Reise« wie ein »Tschüss, bis dann.«

Zwei Zahlen aus rostigem Metall, die Hausnummer hängt etwas schief neben der Tür. Es ist eine baumlose Gegend, weites, flaches Land, wenige Häuser. Ich gleiche das Haus, vor dem ich stehe, mit dem Polaroid aus dem Briefumschlag ab. Ein kleiner Schornstein, ein rotes Dach, ein Apfelbaum. Seegrüne Fensterläden, die auf dem Polaroid noch braun sind. Und neben der Tür wachsen links und rechts Lavendelsträucher, wie frisch gepflanzt, auch sie fehlen auf dem Polaroid. Der Geruch nach Terpentin, zwei Metalleimer unter dem Fenster, an den Borsten des Pinsels eingetrocknetes Seegrün.

Ich drücke die Stirn ans Glas, lege die Hände neben die Augen, kein Vorhang versperrt die Sicht. Mein Atem beschlägt die Scheibe. Ein großer Raum, eine Holztreppe hoch zum ersten Stock, in der Ecke eine improvisierte Küchenzeile, Herd, Spüle, ein paar Gläser auf der Kommode, zum Trocknen auf einem Geschirrtuch. Zwei Stühle an einem Tisch gegenüber, in einer Glasflasche frische Blumen.

Meine Hände sind plötzlich eiskalt. Ich stecke den Schlüssel ins Schloss, erst der dritte passt, es ist immer der Letzte, der passt. Zwei Mal muss ich den Schlüssel drehen, bis die Tür aufspringt.

OFT STEHT MEIN VATER abends in der Wohnzimmertür. Meine Mutter sitzt am Tisch, sie schreibt Rezepte für die Mittagessen, die sie an den nächsten Tagen in der Buchhandlung servieren will. Ich rutsche das Treppengeländer im Flur herunter, manchmal schramme ich mir die Knie auf, wenn ich zu schnell werde und nicht auf den Füßen landen kann. Er müsse nochmal los, sagt mein Vater, seine rastlosen Augen suchen einen Punkt zum Fixieren. Meine Mutter nickt ihm zu.

Manchmal darf ich mitfahren zum Tennis, in die Hallen, in denen der grüne Boden durch weiße Streifen Struktur bekommt, in denen es muffig riecht, in denen mein Vater fast jeden mit Handschlag begrüßt. Meine Mutter schaut uns nicht nach, wenn wir in das Auto steigen, ich mit meinem kleinen Tennisschläger, er in kurzen Hosen.

Mein Vater schiebt die Ballmaschine für mich aufs Feld und ich versuche, gegen sie anzukommen, während er auf dem Platz nebenan seinen Gegner in Grund und Boden spielt. Wenn ich meine Kraft verbraucht habe, setze ich mich neben das Netz an den Rand des Feldes und sauge gierig Wasser aus einer Plastikflasche. Vaters Bewegungen sind präzise, die Drehung des Arms beim Aufschlag bis in den kleinen Finger hinein perfektioniert. Er gewinnt immer. Nach dem Spiel schütteln sich die Männer die Hände und klopfen sich auf die Schulter. Mein Vater spielt noch ein paar Bälle mit mir, er lupft sie übers Netz, ich schicke sie ihm zurück.

Mit rotem Kopf und zerzaustem Haar kommen wir nach Hause. Meine Mutter stellt mich unter die Dusche, sie seift mich von oben bis unten ein, wickelt mich in ein Handtuch und föhnt mir die Haare.

Manchmal erlaubt es mir meine Mutter jedoch nicht. »Juno hat morgen Schule«, sagt sie, »sie braucht ihren Schlaf.«

Ich gehe ins Bett. In meinen Träumen höre ich das ploppende Geräusch des Balls.

Ich wache auf, wenn mein Vater zurückkommt und die Tür zu meinem Zimmer öffnet. Er schiebt das Moskitonetz beiseite, das über mir hängt. Er riecht nach Seife, ich greife nach seinem Haar, es ist weich und frisch geföhnt. »Gute Nacht, Juno«, flüstert er. »Papa«, sage ich.

Morgens gehe ich die Treppe zur Küche hinunter und muss mich am Geländer festhalten, um nicht auf kleinen Pfützen auszurutschen. Die Spur führt vom Arbeitszimmer zum Bad und die Treppe hinunter zur Haustür, zwei nasse Handtücher liegen zerknüllt auf den Dielen. Ich stelle mir meinen Vater vor, wie er nachts im Mondlicht Bahnen im Freibad schwimmt, vom Sprungturm springt oder die Riesenrutsche herunterrutscht, wie er ausgehungert nach Hause kommt, den Kühlschrank leer isst und im Arbeitszimmer einschläft, um meine Mutter nicht zu wecken.

Wenn meine Mutter die Handtücher weggeräumt und in die Waschmaschine geworfen hat, geht sie in die Küche und rührt Kakao in die warme Milch, ich schmiere ein Honigbrot. Ich frage, ob ich mal mitgehen könne, wenn mein Vater nachts ins Freibad geht. »Wie kommst du denn auf Freibad?«, sagt meine Mutter. »Er duscht, weil er nicht schlafen kann.«

DAS ERSTE, WAS ICH HÖRE, als ich das Haus betrete, sind Stimmen, ist Musik, aber ich sehe niemanden. Es sind Fetzen, die ich höre, nichts Zusammenhängendes. Das kleine Transistorradio auf der Küchenzeile rauscht, wenn ich einen Schritt nach vorne gehe, spielt Musik, wenn ich nach rechts trete. Ein nackter Raum, den ich mit großen Schritten durchschreite, der Boden wackelt, leere Weinflaschen klirren. Zwei Haufen Wäsche, ein überquellender Aschenbecher. Schuhe für mehr als eine Person, Sandalen mit Lederriemen, Sandalen mit dicker Bastsohle, Stoffschuhe, Turnschuhe, Flip-Flops, ein Mädchen könnte hier wohnen, auch zwei Mädchen, oder ein Paar. Ich drehe eine

Runde. Aus dem Fenster kann ich das Haus gegenüber sehen, ein Spiegelbild dieses Hauses, nur die Fensterläden in Altrosa statt Seegrün, und der Apfelbaum davor trägt weder Blätter noch Früchte. Ich rüttle am Griff des Fensters, es klemmt. Nur ein Strommast steht zwischen unseren Häusern, auf ihm sitzen Möwen, ihre Konturen wie ein Scherenschnitt.

Ich gehe zurück in den Flur. Zwei Türen nebeneinander, die rechte Tür ist abgeschlossen, die linke nur angelehnt, ich drücke sie auf, zwei Wände glatter Putz, als sei der Fliesenleger mitten in der Arbeit überrascht worden und habe das Haus verlassen müssen. Eine Zahnbürste in einem Becher.

Langsam erinnere ich mich. Ich erinnere mich an das provisorische Bad mit den zwei ungefliesten Wänden, ich erinnere mich an den Sommer, in dem wir hier waren. Meine Mutter und mein Vater waren nie mit mir im Urlaub, nur einmal sind wir in den Ferien weggefahren.

Mein Vater steht im Wohnzimmer und sagt, er habe eine Überraschung für uns, und ich freue mich, schon lange hat es keine Überraschung mehr gegeben. Mein Vater, der sagt: »Wir machen Urlaub«, er habe etwas Schönes gefunden, der meine Mutter ansieht und sagt: »Es wird euch ganz bestimmt gefallen.« Meine Mutter, die sagt: »Endlich mal wieder wegfahren«, die lächelt und sich die Haare hinters Ohr streicht, und ich, die an nichts anderes mehr denken kann. Morgens reiße ich in der Küche das Kalenderblatt ab und rechne laut vor, wie viele Tage es noch sind. Lena und den anderen in der Schule erzähle ich, dass wir wegfahren, in die Sonne und ans Meer. In den letzten Klassenarbeiten schreibe ich Einsen.

Ich erinnere mich an meine Mutter, die die ganze Fahrt über sagt, sie sei so gespannt, und mein Vater, der immer wieder lächelt und mir über den Rückspiegel zuzwinkert. Am Fenster ziehen Landschaften und schnellere Autos vorbei. Meine Eltern wechseln sich hinter dem Lenkrad ab, wir tragen dünne, helle Leinenkleider. Im Kofferraum liegen die großen Ledertaschen, im Kulturbeutel meines Vaters die neuen Tabletten, sie verstecken sie nicht vor mir. Morgens und abends nimmt mein Vater eine, spült mit einem Glas Wasser nach, verschließt die Papierschachtel und legt sie auf das oberste Regalbrett im Bad. Meine Eltern drehen das Autoradio auf, das machen sie sonst nie. Sie legen die Kassette von Simon & Garfunkel ein, sie summen die Lieder mit, manchmal lässt meine Mutter ihren Fuß aus dem offenen Fenster hängen und mein Vater legt seine Hand auf ihr linkes Knie. Kein einziges Mal frage ich, ob wir bald da sind.

Mein Vater lenkt das Auto von der Landstraße in ein Dorf, er muss nicht auf die Straßenkarte schauen. In einer Haltebucht parkt er. »Wir kommen gleich an«, sagt meine Mutter, »aufwachen, Juno«, dabei schlafe ich gar nicht. Wir steigen aus. Zwischen dem Abgrund und uns steht nur eine kniehohe Absperrung. Wir sehen zum ersten Mal das Meer. Dunkelblaue Wellen schlagen gegen die Küste.

Wir sind da. Meine Mutter öffnet die Tür zum Bad, sieht die grau verputzten Wände, den Boden ohne Belag. »Fahr uns hier wieder weg«, meine Mutter lässt meine Hand los. Das sei nichts für ein Kind, er solle uns wegbringen. Es ist kalt in diesem Haus, es gibt keinen Stuhl, kein Sofa, nirgends kann man sich hinsetzen. Mein Vater sagt nichts, er schließt einfach die Tür hinter uns ab und fährt uns zu einem Hotel. Wir bekommen das letzte freie Zimmer neben der Waschküche. Es ist laut in diesen Ferien, aber wir haben ein Bett, einen Tisch, Stühle, wir haben ein ordentliches Bad. Und wir haben das Meer.

Wir liegen den ganzen Tag am Strand. Die Sonnenbrille hinterlässt um meine Augen einen hellen Abdruck, meine Mutter versteckt ihren Dutt unter einem Sonnenhut. Manchmal liege ich bei ihr im Arm und wir dösen. Wenn wir aufwachen, ist mein Vater nicht mehr da. Wir bauen eine Sandburg, legen Fenster und Verzierungen aus Muscheln und Algen. Als die Burg fertig ist, steht mein Vater mit suchenden Augen auf der Promenade hinter uns. Als er uns entdeckt, kommt er zu uns. Er versteckt etwas hinter seinem Rücken, eine Flasche Limonade oder ein Eis oder eine Zeitschrift. »Wo warst du?«, fragt meine Mutter. Er sei spazieren gewesen, antwortet er, weiter nichts. Dann gibt er mir das Eis oder die Limonade und meiner Mutter die Zeitschrift.

Bei Flut wirft er sein T-Shirt neben die Burg in den Sand und läuft zum Wasser. Für einen richtigen Kopfsprung ist es zu flach. Mein Vater geht ein paar Schritte und wirft sich vorwärts, krault an den Bojen vorbei hinaus aufs Meer.

Abends gehen wir in Restaurants essen, eine eigene Küche haben wir nicht. In Strickjacken sitzen wir draußen unter Vordächern und sehen aufs Meer oder beobachten das Treiben auf der Straße, Jugendliche auf Motorrollern oder Familien mit süßen Waffeln in der Hand. Meine Mutter beschwert sich manchmal über das Essen, über die verwendeten Gewürze, die Garzeit, die Frische oder die Konsistenz, aber mein Vater und ich antworten ihr nicht, wir essen mit vollen Gabeln und hungrigen Bissen und wir blinzeln uns über den Tisch zu, denn wir wissen, dass sie nichts zufrieden stellen kann, was sie nicht selbst gekocht hat.

Zum Haus gehen wir nicht mehr, wir vergessen das unrenovierte Bad, wir vergessen das Schlafzimmer ohne Bett, in dem wir auf Isomatten und in Schlafsäcken hätten schlafen, wo wir das Frühstück im Schneidersitz im Garten vor dem Haus hätten zu uns nehmen müssen.

Wenn wir uns später an den einzigen gemeinsamen Urlaub erinnern, erinnern wir uns nur an den Sonnenbrand, den ich schon am zweiten Tag bekam, wir erinnern uns an den Strand und die gedünsteten Meeresfrüchte, die wir abends im Restaurant bestellten.

Ich frage mich, ob ich den Erinnerungen trauen kann,

die sich aufdrängen, die plötzlich da sind, oder ob die Erinnerungen mit Träumen verschmelzen, mit Wünschen verschmelzen, mit der Gegenwart verschmelzen und zu einem werden, wie bemalte Folien, die man übereinanderlegt und die sich so zu einem neuen Bild fügen.

DIE OSTERFERIEN FOLGEN ihrem eigenen Rhythmus. Jeden Abend geht meine Mutter für das Mittagessen in ihrer Buchhandlung einkaufen, danach bügelt sie ihre und unsere Kleider. Das Bügeleisen presst kleine Dampfwolken in die Luft, in denen sie fast verschwindet.

Meine Mutter steht jeden Morgen früh auf, mein Vater bleibt im Bett liegen. Er bleibt während der Ferien mit mir zu Hause. Ich schlafe nicht lange, von den Geräuschen im Haus wache ich auf. Vom Fenster aus beobachte ich meine Mutter. Sie sieht schön aus, wenn sie geht. Ihre Lippen sind rot nachgezogen, die langen, dunklen Haare hochgesteckt, sie trägt ein helles Blumenkleid. Sie lädt ein paar Kisten in das Auto, zählt ab und kontrolliert, ob sie alles hat.

Wenn sie gegangen ist, ist es ruhig im Haus, kein Stühlerücken, kein Geschirrgeklapper, keine Musik, kein Rufen durch den Flur.

Ich mache mir Marmeladetoast zum Frühstück, Vogelgezwitscher klingt durchs Küchenfenster.

Mein Vater schläft bis Mittag, dann wecke ich ihn. Ich koche Kaffee und gieße ihn in eine Tasse. Ich trage sie über die Treppe hinauf durch den Flur, wedle mit der Hand hin und her, wie ich es in der Werbung gesehen habe. Ich presse mein Ohr an die Tür, dann drücke ich die Klinke herunter, setze mich auf die zerwühlten Laken und gebe meinem Vater die Tasse. »Aufstehen«, sage ich, »aber dalli jetzt«, so, wie es meine Mutter manchmal zu mir sagt, ich schaue streng, dann lache ich.

Er zieht sich kurze Hosen an und ein T-Shirt, nie wirft er einen Blick in den Spiegel. Ob ich schon gefrühstückt habe, fragt er.

Zuerst sehen wir zusammen fern, ›Alf‹ oder ›Eine schrecklich nette Familie‹ oder was sonst noch kommt. Mein Vater lacht gar nicht oder an Stellen, bei denen es nichts zu lachen gibt. Wenn ich Hunger bekomme, koche ich uns Nudeln mit Soße oder schmiere Käsebrote, die ich mit kleinen Gurken belege, für meinen Vater mahle ich Pfeffer auf das Brot.

Nachmittags scheint die Sonne so ins Wohnzimmer, dass wir uns im Fernseher spiegeln. Meine Mutter würde sagen: »Draußen ist so schönes Wetter und ihr sitzt hier drin, ihr habt sie ja nicht mehr alle.« Ihre Stimme wäre lauter als sonst. Das wissen wir und deswegen schalten wir den Fernseher um kurz vor sechs aus, bevor sie wiederkommt.

DIE TREPPE, DIE ZUM ersten Stock hinaufführt, antwortet mit einem Quietschen. Durch die Dachfenster fällt Licht, das sich viereckig am Boden sammelt. Ich lasse meine Jutebeutel vor einer der beiden Matratzen fallen, ich mag keine Ledertaschen mehr, mag keine Koffer.

Als ich vor zwei Tagen bei meiner Mutter war und sie mir schweigend die Schlüssel überreichte, sagte sie nicht, dass wir vor vielen Jahren schon einmal mit dem Auto in dieses Dorf gefahren sind, sagte nicht, dass ich das Haus hinter dem Apfelbaum schon einmal gesehen habe, sie sagte nicht, dass ich auf mich aufpassen solle. Aber sie sagte: »Dieses Haus ist auch dein Erbe.« Ich habe mich bedankt, meine Tasche genommen und Anna auf die Wange geküsst. Als ich ging, stand sie in der Küchentür und blickte mir nach.

Mit großen Schritten messe ich das Zimmer aus, es sind fünfzehneinhalb von der Treppe zur Wand. Blumentöpfe in verschiedenen Größen sind überall im Raum verteilt, die Erde darin trocken, einsame gelbliche Stängel, verdorrte Blätter. Ich denke an früher, an die Wochen, in denen die Blumen in unserem Haus vertrockneten, weil sie niemand mehr goss. Irgendwann nahm Mutter einen großen, blauen Sack, warf die Blumen hinein und wir zogen aus.

Ich lasse mich auf eine Matratze fallen, greife zu einem der Bücher, die auf dem Boden aufgereiht sind, Wollmäuse wirbeln wie kleine Tornados auf. Im Buch steht weder Widmung, Name noch Datum.

Im Mund der Geschmack wie eine Hand voll Mehl. Durch die Dachfenster fällt kein Licht mehr, es ist dunkel geworden. Ich zähle rückwärts von fünf auf eins, stehe auf und sehe, dass im Haus gegenüber Licht brennt, aber Nachbarn sehe ich nicht. Irgendwo sehr nah kläfft spitz und fordernd ein Hund. Ich suche in meinem Jutebeutel nach einer Jacke und nach Strümpfen, ich glaube, dass ich immer noch alleine bin, oder der Bewohner des Hauses verhält sich ruhig, weil er einen Eindringling vermutet.

Tastend schiebe ich mich die Treppe herunter, finde den Lichtschalter. An einem langen Kabel hängt eine Glühbirne, die einsames Licht verbreitet, das Transistorradio läuft noch immer, spielt jetzt Klaviersonaten. Auf dem Herd liegt in einer Pfanne ein halber Fisch in Rosmarin und Öl. In einem kleinen Topf koche ich Wasser, nehme einen Teebeutel aus der Blechdose.

Während ich überlege, ob ich warten soll, bis die Bewohner nach Hause kommen, ob ich sie zur Rede stellen oder ihnen den Brief und den Schlüsselbund entgegenhalten soll, während ich im Kopf skizziere, wie es sein würde, ganz still zu sein und mit verschränkten Armen zu warten, bis sie anfingen zu reden, während ich mir das ausmale, suche ich etwas zu essen, ein Stück Brot oder Obst. Ich sehe Baguette auf der Anrichte, im Kühlschrank finde ich ein kleines Einweckglas mit Erdbeermarmelade und etwas Käse. Ich nehme ein Stück vom Brot, schneide zwei Scheiben Käse ab und esse beides, trinke meinen Tee, bis ich zusammenzucke, weil die Tür mit einem lauten Ruck aufgeht und ein Mädchen in der Tür steht, eine Ledertasche auf der Hüfte, ein goldenes Medaillon über einem roten Kleid.

ICH FAHRE NACH HAUSE und lasse mein Fahrrad im Garten liegen. Lena hat heute in der Schule gefragt, ob wir bei uns am Kirschbaum eine Schaukel aufhängen können. Dass ich erst meine Mutter fragen müsse, habe ich ihr geantwortet, obwohl ich weiß, dass im Schuppen eine alte Schaukel liegt, die früher am Kirschbaum befestigt war. Aber ich will nicht, dass Lena zu uns kommt, ich will nach der Schule lieber zu ihr nach Hause gehen. Ich will nicht darüber nachdenken müssen, ob mein Vater heute wieder zu Hause geblieben ist, will nicht die Haustür hektisch aufschließen, ins Bad rennen und die Tablettenschachteln in einer Schublade oder unter einem Tuch verstecken.

Mein Vater ist oft zu Hause in letzter Zeit, meine Mutter ruft morgens in seinem Büro an und sagt, dass er nicht kommen könne. Meine Mutter sagt zu meinem Vater, dass er zum Arzt müsse, dass er sich krankschreiben lassen und eine längere Zeit nicht arbeiten solle, er solle jetzt endlich kooperieren.

Ich nehme die Post aus dem Briefkasten vorne am Tor. Ich lege eine Zeitschrift, einen Brief und eine Postkarte Kante an Kante auf den Küchentisch. Die Postkarte zeigt einen

Hafen mit vielen Segeljachten in der Sonne, ich schaue sie mir ganz genau an. Ich drehe sie auch um, aber ich kann die Schrift nicht lesen, sie ist klein und nach rechts gebeugt.

Aus dem Kühlschrank nehme ich Limonade und gehe ins Wohnzimmer. Mein Vater ist zu Hause, er sitzt auf dem Sofa und schaut geradeaus. »Hallo«, sage ich, »hallo Juno«, antwortet er, und dann sagen wir nichts weiter und irgendwie ist es komisch, hier zu stehen, ich habe das Gefühl, meinen Vater zu stören, auch wenn ich nicht weiß, wobei, also sage ich nur noch schnell, dass Post für ihn in der Küche liege, und er nickt. Ich gehe mit der Limonade in der Hand die Treppe hoch in mein Zimmer und mache Hausaufgaben.

Später am Tag kommt meine Mutter von der Arbeit. Die Post liegt noch immer unberührt auf dem Küchentisch. Meine Mutter fragt mich, ob mein Tag schön war, und ich nicke, erzähle nichts von Lena und ihrer Idee mit der Schaukel, frage nur, ob ich mal wieder zu ihr gehen könne nach der Schule, und meine Mutter nickt und schaut sich die Post an, und dann hört sie auf zu nicken. In der Hand hat sie die Karte mit den Segeljachten, sie sieht sie an, als würde sie überlegen, wer gerade Urlaub habe und ans Meer gefahren sein könnte.

Sie geht ins Wohnzimmer, wo mein Vater noch immer auf dem Sofa sitzt, als habe er sich seit heute Mittag nicht bewegt. Als meine Mutter ihm die Postkarte zeigt, schaut er auf, sagt etwas, ich kann nicht verstehen was, aber sie ist nicht zufrieden damit, sie nimmt die Karte und zerreißt sie in vier Teile.

Meine Mutter bringt einen Goldfisch aus der Stadt mit, behutsam packt sie das kleine Aquarium aus dem Papier aus, setzt den Filter ein und füllt es mit Wasser. Sie lässt den schimmernden Fisch aus dem Plastikbeutel hineingleiten, stellt das Glas auf die Fensterbank und tritt einen Schritt zurück, betrachtet es und entscheidet sich um. Das Glas steht jetzt auf dem Sideboard neben dem Goldrahmen. Oft sitzt Mutter abends auf dem Sofa, beobachtet den Fisch und das Futter, das sich langsam auflöst.

ES IST DAS EINZIGE Foto, das ich von meinen Eltern und mir habe, wir sind darauf getrennt durch einen Knick. Meine Mutter, mein Vater und ich sitzen in unserem Wohnzimmer vor unserem Weihnachtsbaum, ich halte einen neuen Kassettenrekorder in den Händen. Der Selbstauslöser der Kamera muss das Foto gemacht haben, an Weihnachten war nie jemand zu Besuch.

Das Mädchen aus der Bar hält das Bild in der Hand und schüttelt den Kopf, nein, die kenne sie nicht, niemanden davon. Es ist fast zwei Uhr nachts. Erst jetzt fällt mir auf, dass sie deutsch spricht. Unbeeindruckt gibt sie mir das Bild zurück, »hier, Vogelmädchen«, sagt sie, und dann sagt sie, sie müsse jetzt duschen, sie stinke nach Rauch und Alkohol, sie müsse sich die Arbeit vom Körper waschen.

Das Mädchen zieht das Kleid aus, hängt es an die Leine vor dem Haus, hängt es auf wie eine Fahne, wie eine Drohung. Sie trägt nur noch eine weiße, schmale Unterhose und das Medaillon auf der Brust. Als sie an mir vorbei unter die Dusche will, halte ich sie am Arm fest. Ich frage sie, wie sie ins Haus gekommen sei und was sie hier wolle. »Julie«, sagt sie, streckt mir die Hand entgegen, »so macht man das doch bei euch in Deutschland.« Ich nehme die Hand, sage »Juno« und frage wieder: »Was machst du in diesem Haus?« »Es stand leer, Vogelmädchen«, sagt sie und lässt meine Hand los. Sie sei eingestiegen, sie brauche doch ein Dach über dem Kopf. Wie lange sie schon hier sei, frage ich, »eine Woche, vielleicht zwei«, antwortet sie, die Tage am Meer glichen einander, sie könne es nicht genau sagen. Sie geht zu ihrer Tasche, nimmt eine Zigarette aus der Schachtel und zündet sie sich an. »Kann ich jetzt duschen?«, sagt sie, und ich frage: »Warum sprichst du deutsch?« »Weil hier alle deutsch sprechen.«

Julie stellt das Transistorradio lauter und lässt die Tür zum Badezimmer offen. Manchmal streckt sie den Kopf hinter dem Vorhang vor und geht in die Knie, sie nimmt einen Zug von der Zigarette, die in einem Aschenbecher auf dem Boden liegt.

Julie hat ein großes Handtuch um ihren Körper geschlungen, die nassen Haare schicken Rinnsale über ihr Schlüsselbein. Vor dem Spiegel stehend kämmt sie sich die Haare. Sie dreht sich, lässt das Handtuch fallen und steht nackt vor mir, ich kann ihre Rippen zählen, die Beckenknochen stehen leicht nach vorne. Sie durchwühlt den kleineren der beiden Wäscheberge, zieht sich ein T-Shirt an. »Ich gehe schlafen«, sagt sie, mit dem rechten Fuß steht sie schon auf der Treppe, »morgen muss ich arbeiten.«

Ich folge ihr und frage sie, ob ich eine der beiden Matratzen nehmen kann. Sie nickt. Ich trage die Matratze über die Treppe nach unten, lege sie an die Wand.

WIR FÜTTERN DIE REHE und Bisons im Waldgehege, in unseren Jackentaschen haben wir altes Brot. Vaters Hand ist zu groß für die Maschen im Zaun, meine Finger passen genau durch die Löcher.

Auf dem Rückweg sammelt mein Vater Maroni und Pilze. »Wir schmeißen zu Hause den Ofen an«, sagt er, »wir backen die Maroni und die Pilze machen wir in der Pfanne, wir überraschen deine Mutter.«

Die Tasche mit den Maroni und den Pilzen stellen wir auf einen Stuhl in der Küche, wir setzen uns vor den Fernseher und vergessen sie. Als meine Mutter kommt, schmiert sie für uns Butterbrote und stellt jedem ein Glas Milch hin.

Ein paar Tage später bringt mein Vater Wodka mit nach Hause. Die Maroni und die Pilze in der Tasche sind bereits schimmlig geworden. Er schmeißt erst den Inhalt und dann die ganze Tasche in die große Mülltonne vor dem Haus.

Als er wieder ins Haus kommt, hat er in einem Korb vier Glasflaschen dabei. Ich kenne die Etiketten nicht, kenne die Flüssigkeit nicht, kenne nicht den Geruch, nicht den Geschmack. Mein Vater zwinkert mir zu, er sagt, er wolle dabei sein, wenn ich das erste Mal Alkohol trinke. »Wir brauchen Eiswürfel«, sagt er und holt sie aus dem Eisfach. Er stellt Gläser auf den Tisch und füllt sie mit Wodka, ich gebe die Eiswürfel dazu. Ich nehme einen Schluck und verziehe den Mund, verziehe das Gesicht, es schmeckt mir nicht, aber mir gefällt das warme Gefühl im Bauch, das Kribbeln, das in meinem Brustkorb entsteht.

Nur meiner Mutter, ihr gefällt nicht, was sie sieht in unserer Küche, ihr gefallen die Flaschen auf dem Tisch nicht und das Glas in meiner Hand. Und auch wenn sie still bleibt und kein Wort sagt, weiß ich, dass wir etwas Verbotenes getan haben. Meine Mutter nimmt die Flaschen und schüttet den Inhalt in die Spüle. Mein Vater bleibt sitzen und sieht ihr zu. Meine Mutter sagt, sie mache das jetzt einmal und es werde auch das letzte Mal sein, sie hält die Flaschen aus dem Fenster und wir hören das Geräusch von Glas auf Stein, hören das Zersplittern, vier Mal.

DER LEUCHTTURM STEHT ein paar hundert Meter entfernt an einer Landzunge. Ich tauche und schwimme ihm entgegen. Ich tauche nur auf, um kurz Luft zu holen.

Julie war schon weg, als ich aufgewacht bin. Ihre Kaffeetasse mit einem Rest von Milchschaum stand vor der Dusche auf dem Boden neben dem Aschenbecher, ihr Kleid hing nicht mehr an der Leine vor dem Haus.

Über der Wasseroberfläche fliegt eine Libelle, ihr blaugrün schimmernder Körper bleibt in der Luft stehen, ihr Flügelschlag ist nicht zu sehen, als hinge sie am Faden eines Mobiles.

Mein Vater und ich sind oft am Wasser. Sobald es warm genug ist, packt meine Mutter uns eine Basttasche mit Handtüchern, Broten und einer Flasche selbst gemachter Limonade. Die Schwimmsachen tragen wir schon unter den Kleidern, mit dem Fahrrad sind es nur wenige Minuten zum Freibad, das am Stadtrand liegt. Wir legen unsere Sachen in den Schatten, und während ich mir noch das Kleid über den Kopf ziehe, läuft mein Vater schon zum Wasser, macht einen Kopfsprung, sein Körper verschwindet im Becken. Ich gehe zur Treppe am Beckenrand. Meine Füße berühren das Wasser, ich bekomme Gänsehaut am ganzen Körper. »Spring«, ruft mein Vater, ich mache die Augen zu und springe, ich schwimme in seine Richtung, aber ich bin zu langsam, er ist schon weiter draußen, durchkämmt mit kräftigen Bewegungen das Wasser.

Als ich erschöpft im Gras liege, mich mit dem Handtuch

ein wenig zudecke und in großen Schlucken die Limonade trinke, schwimmt mein Vater noch immer, er krault quer durch das Becken, wie ein gefangenes Tier, das den immer gleichen Weg gehen muss.

Das Salzwasser hinterlässt einen feinen Film auf meiner Haut, als trage ich eine weiße fleckige Hülle. Algen haben sich um meine Zehen geschnürt, ich schüttele sie ab, als ich aus dem Meer komme und den Strand entlanggehe. Ich schlinge die nassen Haare zusammen. Um mich herum sprechen die Menschen deutsch, ich sauge Wortfetzen auf. Langsam füllt sich der Strand, zuerst kommen die Alten, dann die Familien, sie alle erwarten einen guten Tag. Sie schrauben Sonnenschirme in den Sand, cremen sich ein, setzen sich Stoffhüte auf.

Ich verlasse den Strand und laufe durch die Stadt. Auf dem Marktplatz bleibe ich stehen, hole mein Handy aus dem Jutebeutel. Ich tippe die Vorwahl für Deutschland, dann die Nummer meiner Mutter. Es läutet zwei Mal, bis sie abnimmt. Im Hintergrund höre ich Anna.

»Im Haus wohnt jemand«, sage ich. Meine Mutter wartet. Ich sage: »Im Haus wohnt eine junge Frau, die Deutsch spricht.« Sie sagt immer noch nichts. Ich hänge ein und begreife, meine Mutter wird dazu nichts sagen, egal was ich tue, egal was ich ihr sage, welche Nachricht ich ihr auch überbringe, meine Mutter wird an Amnesie leiden. Sie wird mir zuhören und schweigen, Anna wird auf ihrem Schoß sitzen, nach kurzer Zeit wird meine Mutter sie auf den Boden stellen, weil sie zu schwer geworden ist, sie wird auf ihren Freund warten, der nach einem langen Tag nach Hause kommt, und dann wird sie sagen: »Ich mache uns etwas zu essen.«

IM FRÜHLING HABEN WIR ein neues Ritual. »Wir machen das jetzt so«, hat meine Mutter zu meinem Vater und mir gesagt, und wenn meine Mutter etwas so sagt, wird es auch gemacht. Wenn ich in der Schule bin, warte ich, dass die Schulglocke klingelt und ich zu ihr in die Buchhandlung fahren kann. Ich trete fest in die Pedale, und wenn ich ankomme, kleben mir die Haare im Gesicht und mein Herz schlägt schnell.

Meine Mutter stellt eine Tafel vor die Ladentür. Mit Kreide schreibt sie »11.30–14.00 Uhr« darauf und den Namen des Gerichtes, das sie sich am Abend zuvor ausgedacht hat. Ihr Essen ist beliebt, sie hat viele Kunden, die jeden Mittag kommen.

Die Glocke über der Tür läutet, wenn ich eintrete. Zuerst sehe ich die Blumen, die meine Mutter jeden Tag frisch auf der Theke anrichtet, rote Tulpen in einer weißen Vase, gelbe Narzissen in einer Vase aus Glas, Weidenkätzchen in einer bläulich schimmernden Flasche. Meinen Schulranzen lege ich hinter den Tresen. Ich streiche mit der Hand über die alte, große Kasse aus Eisen. Sie rattert und klingt so schön, wenn meine Mutter die Schublade mit einem Knopfdruck öffnet, um die Münzen und Scheine in die Fächer zu sortieren. Ich mag die Buchhandlung, die hohen Regale, aus denen heraus mich die verschiedenfarbigen Buchrücken und Titel angucken. Manchmal denke ich mir zu den Buchtiteln eigene Geschichten aus.

Es zischt und brutzelt in der kleinen Küche. Meine Mutter steht am Herd, sie hat eine weiße Schürze umgebunden und jongliert mit Pfanne, Topf und Kochlöffel. Sie schneidet Karotten, Paprika und Zwiebeln in feine Streifen, als hätte sie eine Großfamilie zu bekochen oder eine Hochzeitsgesellschaft eingeladen, dabei ist das Mittagsangebot für die Kunden bereits vorbei, nur ich bin da.

Der Himmel draußen ist wolkenverhangen, es ist fast dunkel, ich mache das Licht an. Ich räume die Spülmaschine aus, trage das Besteck zu dem großen Besteckkasten im Verkaufsraum, sortiere alles so, wie meine Mutter es mir gezeigt hat. Mit den Messern in der Hand gehe ich besonders langsam, »ich darf nicht stolpern«, sage ich mir leise vor.

Meine Mutter ruft durch das Röhren der Dunstabzugshaube, ich solle meinem Vater jetzt Bescheid sagen, sie wäre bald fertig. Ich drücke die Wahltasten, es läutet. Ich stelle mir meinen Vater vor, wie er in seinem Büro vor dem Telefon sitzt, das Telefon betrachtet und sich überlegt, ob er abnehmen soll. Nach elf Mal lege ich auf, ich weiß, dass er kommen wird.

Zwanzig Minuten später kommt mein Vater durch die Tür, das Poloshirt aufgeknöpft, das Gesicht blass. Für uns ist der Tisch in der Küche gedeckt, meine Mutter kann schnell nach vorne gehen, wenn die Glocke einen Gast ankündigt. Meine Mutter wartet jetzt wieder auf die Kunden, die zwischen den Regalen stehen und nichts essen wollen. Sie wartet auf die Kunden, die sie um Rat bitten, welchen Roman sie lesen sollen, oder fragen, ob sie das neue Buch von jenem Autor kenne und was sie davon halte. Nur manchmal kommt auch nach vierzehn Uhr noch jemand, der fragt, ob es noch einen letzten Rest vom Mittagsgericht gibt, denn das höre sich überaus schmackhaft an. Meine Mutter verstellt die Stimme, wenn sie abends davon erzählt.

Mein Vater isst wenig, auch wenn sich meine Mutter besonders viel Mühe mit dem Essen gegeben hat, das sehe ich daran, wie der Teller dekoriert ist. Selbst ich esse mehr als er. Meine Mutter beobachtet, wie oft er die Gabel zum Mund führt, sie versucht, es möglichst unauffällig zu machen. Als Nachtisch gibt es Kakao, mein Vater trinkt ihn kalt, ich bekomme ihn warm und mit Sahne. Meine Mutter räumt die Küche auf und spült die Töpfe ab.

Ich räume das Geschirr vom Tisch, wische mit einem nassen Lappen alle Krümel weg. »Das machst du sehr gut«, sagt meine Mutter. Sie streicht mir über den Kopf und nimmt einen Lolli aus der langen, schmalen Bonbonniere, die neben der Kasse auf dem Verkaufstresen steht. Ich schreibe meinem Vater mit dem Zeigefinger Buchstaben auf seinen Rücken. Er rät U, wenn ich O schreibe, Z, wenn ich E schreibe.

AUF DEM MARKTPLATZ IST viel los. Als ich mir meinen Weg durch die Stände der Blumenverkäufer bahnen will, vorbei an den Souvenirshops, an den Geschäften, in denen es Strandbekleidung und Sonnenschirme gibt, Zeitschriften und kleine Fischernetze, tritt ein Mann vor mich, bleibt einfach stehen und sieht mich von oben bis unten an. »*Pardon*«, sage ich, will an ihm vorbei Richtung Bar du Matin. Ich gehe einen Schritt nach rechts, der Mann geht mit, steht immer noch vor mir. »Das Mädchen mit dem deutschen Kennzeichen«, sagt er, und ich sehe ihn an, sehe die dünne Narbe, die seinen dunklen Bart zwischen Kinn und Hals zerschneidet, ich nicke: »Da bin ich hier nicht die Einzige.« Der Mann lacht, seine Narbe zuckt, auch die um die Augen liegenden feinen Falten bewegen sich, dreißig muss er mindestens sein, vermutlich eher schon Mitte dreißig. »Ich bin Jan«, sagt er, »du hast meinen Transporter angefahren.«

Wir stehen am Tresen der Bar du Matin. Julie ist nicht zu sehen. Jan hat Kaffee bestellt und leert seine Tasse in einem Zug. Er winkt den Kellner heran, einen Mann mit weißem Haar, der schon viel zu alt für einen Job hinter dem Tresen aussieht und der Jan erst mustert, dann aber nickt, als er erneut bestellt. Mit Schwung stellt er die kleinen Tassen auf den Tisch, fast schwappt der Kaffee über.

Jan ist Architekt. Er erzählt vom Ferienhaus seiner Großeltern, das hier am Rand von Coulard stehe, von seinen täglichen Anstrengungen, die zündende Idee für den Umbau zu haben. Er habe es ihnen versprochen, sagt er. Und wer wisse schon, wie lange er dieses Versprechen noch einlösen könne.

Jan bestellt Schnäpse, eine glasklare Flüssigkeit in kleinen, länglichen Gläsern, der Blick des Manns mit den weißen Haaren bleibt ein wenig zu lange an mir haften. »Auf das Meer«, sagt Jan, »auf den Transporter«, antworte ich. Er drückt mir das Glas in die Hand und stürzt seines hinunter. Er greift hinter die Bar, greift mit seiner Hand in eine Schüssel voll angetauter Eiswürfel.

Was ich hier allein wolle, fragt Jan, dieses Dorf sei mittlerweile doch nur noch für die Familien. Er wartet keine Antwort ab, er fragt, ob ich schwimme, und nimmt die Hand aus der Schüssel. Ich schüttle den Kopf, »nur manchmal«. Jans Lächeln zeigt eine Reihe schiefer Zähne. Ich spüre den Alkohol, das Pulsieren meiner Schläfen, ich bewege meinen Kopf zu schnell, Jans Gesicht verschwimmt. Jan fragt, ob ich Verwandtschaft hier habe, er zählt eine Menge von Gründen auf, die mich hierher treiben könnten, er fragt, ob ich mich am Meer erhole oder Ruhe haben wolle. Ich habe hier keine Verwandtschaft und ich will auch nicht meine Ruhe. Kurz denke ich an meine Wohnung, in die ich vor ein paar Monaten eingezogen bin. »Ruhe habe ich genug«, sage ich, »ich will einfach nur zwei Wochen Urlaub machen.« Ich merke selbst, dass es wenig überzeugend klingt, was ich sage, und Jan merkt es wohl auch. Er unterbricht mich und nimmt meine Hand. Er sieht auf den Ring, »der passt nicht zu dir«, sagt er. Es ist ein schmaler, goldener Ring mit einem weißen Stein, der glitzert, wenn ich die Hand ein wenig bewege.

Der Ring sei von meiner Mutter, ein Geschenk von meinem Vater, sage ich, und dass ich ihn mitgenommen habe, als ich letztes Jahr ausgezogen bin. Fast alle meine Umzugskartons waren schon unten im Hausflur aufeinander gestapelt, ich wollte nur noch einmal kurz auf die Toilette. Im Bad sah ich mich im Spiegel an und mein Blick fiel auf den Ring, der im Schmuckkasten meiner Mutter lag. Ich nahm ihn heraus und steckte ihn in meine Jeans, ich hatte ihn schon sehr lange Zeit nicht mehr an ihr gesehen. Sie vermisst ihn nicht oder es ist ihr egal, dass er weg ist, sie hat mich jedenfalls nie danach gefragt.

Jan bestellt eine zweite Runde, er fragt mich nach der Narbe im Mundwinkel, die meinen Mund verbreitert, ich versuche nicht, sie zu überschminken. »Ein Unfall«, sage ich, und Jan streicht sich mit der rechten Hand über seine Narbe am Kinn, »ein Unfall«, sagt er, dann stehen schon wieder Schnapsgläser vor uns, bis zum Rand gefüllt. Der Wodka läuft über meine Finger, als ich das Glas anhebe und wir uns zuprosten.

MEIN VATER IST VOR einer Woche aus der Klinik zurückgekommen, er hat noch keinen neuen Job und soll sich auch noch keinen suchen. Er hat noch Schonfrist, wie meine Mutter es nennt. Er hat die Hortensie vor die Terrasse gepflanzt und auch jetzt arbeitet er noch viel im Garten, in kurzen Hosen und mit Rechen und Schaufel in der Hand schafft er eine neue Ordnung für die Beete, er sortiert die Gartengeräte im Schuppen und bei Anbruch der Dunkelheit stellt er den Rasensprenger an.

Tennis spielen geht mein Vater nicht mehr. Es sei ihm zu heiß in den Hallen, sagt er. Das Schwimmen bleibt. Vor dem Abendessen steigt er auf sein Fahrrad und fährt zum Freibad. Er meidet es, tagsüber schwimmen zu gehen, weil die Städter das Freibad für sich einnehmen, sie laut kreischend die Wespen von sich fortwedeln und das Freibad mit ihren bunten Handtüchern und Körben voll Proviant bevölkern. Er erzählt, dass ihn abends nur die Vögel aus den Baumkronen beobachten und allein seine Kopfsprünge die Wasseroberfläche sprengen.

Mein Vater hat bald Geburtstag. Ich kaufe ein Buch mit blauem Umschlag und leeren Seiten als Geschenk, es soll eine Art Poesiealbum werden, mit nur einem langen Eintrag von mir. Ich zeichne und klebe und schreibe eine Woche, dann lege ich das Buch zur Seite, mir fällt nichts mehr ein und ich suche nach einem anderen Geschenk.

Ich gehe auf den Mittwochsmarkt in der Stadt, ich kaufe Holunderbeeren, kaufe Rhabarber, Himbeeren und Zucker. Zuhause koche ich die Früchte mit dem Zucker ein, meine Mutter hilft mir dabei. Während der Sud auf dem Herd immer dicker und zu einer klebrigen Masse wird, schneide ich viereckige Stücke aus kariertem Stoff zurecht und messe die Länge der Bänder ab, mit denen ich den Stoff um die Deckel schnüren will. Auf selbstklebendes Papier schreibe ich die Marmeladensorte, schreibe »Für Papa« und »Herzlichen Glückwunsch«. Auch für Lena mache ich ein Glas.

Ich verstecke die noch warmen Gläser in meinem Zimmer, räume sie in einem Schuhkarton in den Schrank. Jeden Morgen, wenn ich mich anziehe, schaue ich nach, ob sie alle noch so dastehen wie am Tag zuvor, und stelle mir den süßen Geschmack auf der Zunge vor.

MAN KÖNNTE UNSERE HÄUSER abzeichnen und als Bilderrätsel in einer Zeitschrift veröffentlichen: Finden Sie den Unterschied. Jan und ich sind Nachbarn. Unsere Häuser sind weiß, haben das gleiche rote Dach und vor beiden steht ein Apfelbaum. Nur seine Fensterläden sind nicht seegrün, sie sind altrosa.

An den Wänden in Jans Wohnzimmer hängen in Holzrahmen Bilder von Schiffen mit großen Segeln. »Das sind die Schiffe meiner Großväter und Urgroßväter«, sagt Jan. Ich weiß nicht, was ich ihm glauben kann.

Ein kleiner Tisch ist in der Mitte des Raumes zwischen Sessel und Couch eingekeilt, in den zwei Gläsern ein Rest angetrockneter Rotwein. Jan schaltet die Stereoanlage ein und dreht die Musik laut, dreht sie lauter, bis die Bässe den Boden vibrieren lassen. Mit der Hand am Lautstärkeregler schaut er mich an, wartet, dreht wieder leiser. Seine Jeans sitzt tief auf den Hüften, er stemmt die Arme in die Taille und sagt, dies sei das Haus seiner Großeltern, es sei also praktisch sein Haus, er steige nicht in fremde Häuser ein. Und ich frage mich, ob das echt ist. Jan geht in den Flur, ich folge ihm.

Im Flur ist es dunkel und die Luft ist stickig, dass ich fast husten muss. An den Wänden hängen Tiere an Holzplatten, ein ausgestopfter Fisch neben einem ausgestopften Singvogel neben einem ausgestopften Fuchs. Ich strecke mich und streichle über das Fell, ein wenig borstig sticht es in meine Haut. Staub bleibt an meiner Hand zurück, ich wische ihn an meiner Hose ab. Jan sieht mich skeptisch an, als überlege er, warum ich überhaupt hier sei. Ob er das Mädchen aus dem Haus gegenüber kenne, frage ich, und Jan bleibt kurz stehen und sagt: »Ja, natürlich.« Das Mädchen aus der Bar, dessen Haus abends immer voll mit Menschen sei, die Studentin aus Marseille, irgendwas mit Kultur mache sie. Auf jeden Fall veranstalte sie hier seit drei Jahren jeden Sommer Partys, als habe sie etwas nachzuholen, so formuliert er es, und ich denke, wenn jemand etwas so formuliert, muss er definitiv über dreißig sein. Dann geht Jan weiter, als erwarte er keine Fragen mehr.

Wir gehen in ein Zimmer, in dem ein großes Durcheinander herrscht. In der Mitte des Raumes steht eine große

Arbeitsplatte, darauf zahlreiche Modelle des immer gleichen Hauses, leicht variiert. Dahinter steht ein Flipchart, auf dem Boden verteilt liegen Blätter, hunderte vollgezeichnete Blätter, als habe jemand einen Stapel genommen und in die Luft geworfen, um zu schauen, in welchem Verhältnis zueinander sich die Blätter im Zimmer verteilen. An den Wänden stehen weiße Billyregale, die meisten sind leer, nur in einem sind kleine Boxen wie Werkzeugkisten aufgereiht, außerdem Pappe, Schere, Kleister und Schaumstoff. Jan nimmt eine Wodkaflasche vom Tisch. »Beachte einfach nicht, wie es hier aussieht«, sagt er, dann schiebt er mich wieder aus dem Zimmer und macht die Tür hinter uns zu.

Warum das Mädchen aus der Bar so gut deutsch spreche, frage ich. In Frankreich lerne man Deutsch in der Schule, sagt er, sie habe ihm erzählt, dass sie es unbedingt lernen wollte. Ich setze mich neben Jan auf das Sofa, er gießt uns Wodka ein. Jan steht auf, holt seine Kamera, die an einem Lederriemen an der Wand hängt. Er sieht durch den Sucher und fixiert meinen Mund. Der Blitz blendet mich, dann richtet er die Kamera auf sich, auf sein Kinn, drückt ab.

Der Wodka macht mich schläfrig. Es dauert nicht lang und ich nicke auf dem Sofa sitzend ein.

Ich träume schlecht. Meine Mutter steht vor meinem Haus und will nicht hineinkommen. Sie lacht mich aus, sie lacht über die seegrünen Fensterläden, ihre Zähne sind faulig.

Als mein Vater aus dem ungefliesten Bad auf sie zukommt, beißt sie ihm in den Oberarm. Mein Vater schrumpft. Meine Mutter nimmt Anna an die Hand, steigt in das Auto und lässt den Motor aufheulen.

MEIN VATER FINDET verletzte Tiere. Er findet sie bei Spaziergängen im Wald, er findet sie auf dem Heimweg, er findet sie auf Autobahnraststätten, wenn er mit dem Auto in die Städte fährt, deren Namen sich meine Mutter nie merken kann. Meine Mutter will die Katzen und Vögel nicht im Haus haben, will keine verletzten Tiere pflegen. Mein Vater und ich bauen ihnen zwischen den Fahrrädern und Gartengeräten im Schuppen ein Krankenhaus mit alten Decken und Futternäpfen. Manche Vögel sterben im Schuppen oder wir finden sie später als zurückgelassenes Spielzeug der Katzen tot unter dem Kirschbaum. Die Katzen laufen weg, sobald sie wieder kräftig genug sind.

Nur eine Katze verschwindet nicht. Sie hat weiches, hellgraues Fell. Sie sitzt auf der Terrasse und schaut durch die Scheibe in unser Wohnzimmer. Mein Vater sagt, er wolle sie behalten, wolle sie füttern, sich um sie kümmern. Meine Mutter sagt leise zu mir: »Vielleicht wird es jetzt besser.« Ich nicke und spiele mit der Katze, nachts schläft sie neben mir im Bett.

Mein Vater kauft Futter, mein Vater zerkleinert Fleisch, mein Vater gibt der Katze Fischreste.

Ein paar Wochen später empfängt mich die Katze jammernd am Schotterweg, sie streicht um meine Beine und hört nicht mehr auf zu miauen. Mein Vater liegt im Wohnzimmer auf der Couch und sagt: »Kannst du die Katze füttern, sie hat schon den ganzen Tag Hunger.« Ich nicke und füttere die Katze.

Als ich zurück ins Wohnzimmer gehe, mich auf den Flokati setze und meinem Vater von der Schule erzählen will, steht er auf und sagt, er könne gerade nicht reden, es ginge einfach nicht. Ohne mich anzusehen, geht er an mir vorbei in den Flur, kurze Zeit später höre ich seine Schritte über mir im Arbeitszimmer.

Ob ich sie ab jetzt immer füttern könne, fragt mein Vater am nächsten Tag, er schaffe es einfach nicht, daran zu denken. Also füttere ich die Katze morgens, bevor ich zur Schule muss, und lasse sie in den Garten, mittags füttere ich sie und streichle ihr Fell, und bevor ich abends ins Bett gehe, gebe ich ihr verdünnte Milch. Ich schaue zu, wie sie sie mit ihrer rauen Zunge aus dem Napf holt. »Ist sie jetzt doch deine Katze?«, fragt meine Mutter.

ALS ICH DAS HAUS mit den ausgestopften Tieren verlasse, ist Jan nicht zu sehen. Ich gehe durch Jans Garten, dann ein kurzes Stück über den Asphalt, dann stehe ich auf der Wiese vor meinem Haus.

Es ist niemand da. Mit Jans Worten im Kopf ziehe ich

die Schubladen der Kommode auf, zerschlage die Wäscheberge, knie auf dem Boden und sehe unter Tisch und Küchenanrichte, suche muschelweißes Papier, finde weder Blatt noch Stift, finde weder Polaroidkamera noch Briefumschläge. Auch im ersten Stock finde ich nichts. Ich rücke die Bücher ein Stück von der Wand, nehme eines in die Hand, ein kleiner, weißer Aufkleber weist es als Buch der Université de Provence aus, es ist ein neues Buch, die Seiten nicht vergilbt oder verknickt, Walter Benjamin steht auf der ersten Seite. Auch das zweite Buch ist von der Université, Theodor Adorno, ich klappe die Bücher wieder zu und stelle sie zurück. Mein Blick bleibt an der kleinen Schneekugel hängen, in der ein Schneemann steht. Ich kenne die Kugel, mein Vater hat sie mir vom Weihnachtsmarkt mitgebracht, als ich noch klein und nicht einmal im Kindergarten war. Lange Zeit stand sie auf meinem Nachttisch neben dem Bett. Vor dem Einschlafen schüttelte ich sie immer wieder und ließ Schneestürme entstehen. Irgendwann verschwand die Kugel, so wie viele Dinge verschwanden, die ich früher besaß, Dinge aus unserem Haus, von denen meine Mutter behauptete, sie seien kaputtgegangen oder gestohlen worden.

Ich zucke zusammen, als Julie mich berührt. Ihre Hand hinterlässt einen weißen Abdruck auf meiner Schulter, mein Rücken ist schon am zweiten Tag verbrannt, wie damals. Es ist nur noch eine Frage der Zeit, bis die Haut Blasen wirft. »Verbranntes Vogelmädchen«, Julie lacht. Am liebsten würde ich ihr eine Ohrfeige geben. Aber Julie kann Gedanken lesen. Aus dem röchelnden Kühlschrank holt sie Eiswürfel und wickelt sie in ein Geschirrhandtuch, legt sie an meine Schulter. Rinnsale laufen mir den Rücken entlang in meinen Rock. Julie wischt das Wasser mit den Händen weg.

MANCHMAL BIN ICH NACH der Schule bei Lena oder anderen Freundinnen zu Besuch. Abends kommen die Väter nach Hause. Sie rufen ein lautes Hallo durch den Flur und geben Frau und Tochter zur Begrüßung einen Kuss auf die Wange. Sie ziehen das Jackett aus, reden von ihrem Tag und fragen, wie es bei uns gewesen sei, ob die Lehrer Klassenarbeiten zurückgegeben, ob wir Pläne für das Wochenende haben. Dann setzen sie sich an den Küchentisch, trinken ein Glas Bier und überlegen, ob wir nicht samstags etwas zusammen unternehmen wollen, in einen Freizeitpark gehen, in den Zoo, ins Kino.

Wenn ich nach Hause komme, steht meine Mutter im Bad vor dem Spiegel und murmelt »es wird besser werden, es wird ihm besser gehen, die Tabletten werden helfen.« Sie hört nicht mehr damit auf, sie weiß nicht, dass ich sie durch den Spalt der Tür hindurch höre.

Am Wochenende klingelt das Telefon, ich melde mich mit unserem Namen. Am anderen Ende der Leitung antwortet niemand und ich höre nur ein leises Atmen. Ich lege auf und sage, es habe sich wohl jemand verwählt. Mein Vater will den Raum verlassen und meine Mutter ruft ihm hinterher, er solle dableiben. Sie schickt mich raus und sagt so laut, dass ich es auch im Flur noch hören kann, sie wolle einen neuen Telefonanschluss, sie wolle eine neue Nummer, sie ertrage diese ständigen Anrufe nicht.

In der großen Pause sitze ich mit Lena und den anderen Mädchen auf der Wiese neben den Balancierbalken. Wir haben Gänseblümchen gepflückt, die jetzt vor uns liegen. Nach und nach werden es immer weniger, denn die anderen Mädchen können aus den Blumen Kränze flechten, die sie sich ins Haar binden. Ich versuche, mit dem Fingernagel Löcher in die Stängel zu drücken, durch die ein anderer hindurch geschoben werden kann, aber sie gehen mir immer kaputt. Ich erzähle den Mädchen, dass wir die Kränze vergraben sollten, denn wenn man sie vergrabe, wüchsen daraus Gänseblümchenkranzpflanzen. Die anderen Mädchen schauen mich ungläubig an.

JULIE SITZT BARFUSS IM GARTEN, auf dem Schoß eine weiße Schürze. Hinter ihr laufen Eidechsen die Hauswand hinab, kleine, schnelle Körper, die kurz innehalten, den Kopf drehen, weiterlaufen. Mit schnellen Griffen bewegt Julie die Messerklinge in die Fische in ihrer Hand und schlitzt sie auf, silberne Schuppen rieseln wie Konfetti ins Gras. Mit der rechten Hand holt sie die Innereien raus und wirft sie in einen Plastikeimer, dann schneidet sie die Flossen ab und lässt den Fisch vor sich in die Babybadewanne fallen. Ihre Unterarme sind rot, ihre Knie sind rot, das Blut fließt über ihre Füße. Sie summt.

Ihre Bewegungen sind rhythmisch, irgendwann rufe ich dazwischen. Woher sie den Schlüssel für das Haus habe, wenn sie doch eingestiegen sei. Ein Zittern geht von den Waden über die Oberschenkel zum Brustkorb und den Oberarmen über, erfasst meine Stimme. Etwas an Julie lässt mich nicht daran glauben, dass sie die Wahrheit sagt. Der Schlüssel sei hinter der Tür gelegen, sie habe sich nur bücken und ihn an ihren Schlüsselbund klemmen müssen, sagt sie, das Messer in der Unterseite des Fisches. Innereien links, Fisch rechts.

»Ich habe den Nachbarn kennengelernt«, sage ich. Julie bearbeitet weiter die Fische und ich frage mich, wer das alles essen soll. »Er sagt, du wärst schon länger hier, er sagt, du warst auch die letzten Jahre im Haus«, ich versuche es mit einem sachlichen Ton. Julie sagt erst nichts, dann sagt sie, sie habe nie etwas anderes behauptet. Sie macht noch einmal eine Pause und dann fragt sie, was ich von Jan halte. Sie nimmt den Blick von dem Fisch in ihrer Hand und schaut mich an.

IN EINER KLEINEN KEKSDOSE sammle ich Taschengeld. Immer wenn meine Eltern mir eine Mark zustecken oder ein paar Pfennige vom Einkaufen übrigbleiben, werfe ich das Geld in die Dose.

Ich versuche es immer und immer wieder am Sonntag, wenn mein Vater nicht im Büro und die Buchhandlung meiner Mutter geschlossen ist. Ich nehme ein paar Mark aus der Keksdose und stecke sie in die Hosentasche. Im Flur ziehe ich meine Schuhe und den gelben Friesennerz an, binde mir die Schnürsenkel, nehme den Schlüssel von der Kommode und schließe die Tür. Im Garten liegt frischer Tau auf dem Herbstlaub, mit dem Fahrrad fahre ich über den Schotterweg auf die Straße.

»Brötchen für sechs Mark«, sage ich zur Verkäuferin. In der Bäckerei ist es warm, es riecht nach frischem Brot und Gebäck. Ich lege die Münzen auf den Tresen. Die Brötchentüten sind zu groß für meine Hände, ich trage sie links und rechts im Arm wie zwei Babys, die ich wiege. Draußen stecke ich die Tüten in das Netz aus den bunten, großen gehäkelten Maschen, lege sie in den Fahrradkorb.

Die Tüten sind nass geworden, schnell packe ich sie zu Hause aus und lege auch die Brezel dazu, die mir die Bäckerin geschenkt hat. Ich nehme drei Teller, stelle Marmelade und Honig auf den Tisch, ich lege die Kassette von Simon & Garfunkel ein, stelle die Kaffeemaschine an. Irgendwann kommt meine Mutter in die Küche. Wir frühstücken zu zweit.

»HALLO VOGELMÄDCHEN«, sagt Jan und tritt unter den Apfelbaum, in seinen Händen die Kamera, er blickt durch den Sucher, aber drückt nicht ab. Warum ich gestern so schnell gegangen sei, fragt er. Und er sagt, dass er uns beobachtet habe, Julie mit dem Fisch und mich mit zusammengekniffenen Augen, als blende mich etwas. Ich kann gar nicht antworten, so schnell sprudeln die Worte aus ihm heraus. Er nehme mich mit, sagt er weiter, er habe gesehen, dass Julie gerade den Garten verlassen habe, und bevor wir uns gegenseitig die Augen auskratzen, wolle er mir etwas zeigen.

Aus einem Jutebeutel hole ich den Umschlag, falte den Brief auf und frage Jan, ob er diese Schrift erkenne und es jemanden im Dorf mit einer Polaroidkamera gebe, ob er selbst vielleicht dieses Foto gemacht habe. Jan liest den Brief und schüttelt den Kopf, als täte es ihm leid. Er deutet mit den Händen an, dass ich ihm folgen soll. »Schau mal«, sagt er und geht ein paar Schritte zum Strommast, zeigt stumm auf den Boden, wie ein Kind. Das Rotkehlchen streckt die Beine von sich, die orangefarbene Brust leuchtet im Gras. »Es ist so schön und muss trotzdem sterben«, sagt Jan, legt dabei das Kinn fast auf seine Brust. Ich denke an meine Ankunft und den Vogel in der Bar du Matin, denke an Julie, die mich »Vogelmädchen« nennt und schaue zu Jan, der das auch macht. Ich gehe in die Hocke und tippe mit dem Finger an die starren Beine. Ich will den Vogel ausstopfen und zu den anderen in Jans Flur an die Wand hängen. Ich knie mich hin und schaufle mit den Händen ein Grab. Jan fotografiert mich, wie ich das Rotkehlchen mit dem Fuß in die Kuhle schiebe, es beerdige.

»Wie viele Stufen sind es noch?«, frage ich. Jan geht vor mir den Leuchtturm hinauf und dreht sich immer wieder um. Es blitzt, er macht Fotos von mir auf der Treppe, von mir am Geländer, er hält alles fest. Selbst als ich ihn bitte aufzuhören, als ich sage »lass das« und mein Ton unfreundlicher wird, hört er nicht auf, schießt ein Bild nach dem anderen.

Er stößt die Tür zur Aussichtsplattform auf und fotografiert die Ebbe in der Dämmerung, eine Kraterlandschaft auf der die Boote schlafen. Er breitet seinen Arm aus, mit dem anderen streckt er die Kamera weit von sich. Jan will ein Erinnerungsfoto, aber ich drehe mich weg. »Was willst du hier?«

»Ich habe mir immer vorgestellt, es gebe ein Video oder nur ein Foto«, sage ich, »irgendetwas von der letzten Tat meines Vaters, etwas, wie die Aufnahme der explodierenden Challenger-Raumfähre oder des einstürzenden World Trade Centers. Ich würde es immer wieder anschauen, bis ich nicht mehr versuchen würde, es zu verstehen.« »Warum?«, fragt Jan, er lehnt mit dem Rücken am Geländer. »Vielleicht, weil ich hoffe, dass ich mich so besser erinnern könnte«, sage ich und atme die kalte Luft ein, die nach Regen riecht und meine Lungen durchpustet. »Man erinnert sich nicht über Fotos oder Filmaufnahmen«, sagt Jan.

AN EINEM ABEND IM Winter, als der Schnee in dicken Flocken fällt und im Garten liegen bleibt, die Erde, den kahlen Kirschbaum und den Schuppen bedeckt, stelle ich fest, dass die Katze lahmt. Sie humpelt durch den Flur und bleibt im Wohnzimmer zwischen den Agaven sitzen.

Es ist nach sechs Uhr und ich warte auf meinen Vater, der jetzt von der Arbeit nach Hause kommen müsste, aber er kommt nicht. Ich rufe meine Mutter in der Buchhandlung an und frage, ob er bei ihr ist. Sie sagt, ich solle auf jeden Fall zu Hause bleiben, mich neben das Telefon setzen und die Namen derer notieren, die anrufen. Ich sitze auf dem Stuhl und denke daran, dass mein Vater den Winter mag, dass er es mag, wenn der schneebedeckte Boden nachts den Garten leuchten lässt, wenn man tagsüber auf den Feldern steht und nicht sehen kann, wo der Horizont beginnt, weil das trübe Weiß des Himmels nahtlos in die Farbe des Schnees übergeht. Ich stelle mir vor, dass mein Vater einen Ausflug macht, eingepackt in seinen dicken Mantel, an seinen Händen die Lederhandschuhe, ich stelle mir vor, dass er im Wald vor dem Tiergehege steht und die Rehe und Bisons beobachtet.

Erst spät sehe ich das Blinken des Anrufbeantworters.

Obwohl ich normalerweise nie den Knopf drücke, um die Nachrichten abzuhören, drücke ich ihn heute doch. Ich kenne die Stimme nicht, die spricht, es ist die helle Stimme eines Mädchens, sie sagt »hallo«, sie sagt Sätze in einer anderen Sprache, die ich nicht verstehe, und dann sagt sie »tschüss«, sagt es ganz klar und deutlich auf Deutsch.

Ich bleibe neben dem Telefon sitzen, bis meine Mutter nach Hause kommt. Ich sage ihr, dass die Katze lahmt, aber da ist meine Mutter schon fast wieder aus der Tür. Als sie gerade im Auto sitzt und losfahren will, um meinen Vater zu suchen, sehe ich, wie mein Vater durch das Tor geht, auf dem Kopf die Mütze, die meine Mutter manchmal lachend die Russenmütze nennt. Seine Schneeschuhe hinterlassen tiefe Spuren im Weiß, in der Hand trägt er Tannenzweige, mit denen er winkt, als er mich vor der Haustür und meine Mutter im Auto erblickt. Meine Mutter, die die Tür des Autos aufreißt, die ihm entgegenläuft, die nichts sagt, sich einfach nur an ihn drückt, und Vaters Gesichtsausdruck, die großen Augen, die er macht und ganz überrascht aussieht.

»Die Katze lahmt«, sage ich noch einmal, wir stehen im Flur, meine Eltern ziehen sich die Jacken und Schuhe aus. Ich solle mit ihr zum Arzt gehen, sagt meine Mutter, und mein Vater kniet sich hin, legt die Zweige auf den Boden, er streichelt die Katze am Kinn, fährt mit der flachen Hand über ihren Rücken. Vielleicht müsse sie aber auch gar nicht zum Arzt, sagt meine Mutter, sie lehnt sich an den Türrahmen. Wahrscheinlich sei es gar nicht so schlimm, sie werde sich schon erholen, und Mäuse müsse sie ja sowieso keine fangen.

DAS HAUS IST ERLEUCHTET, als stünden Kerzen hinter Fenstern aus Pergamentpapier. Zuerst hören Jan und ich nur das Geräusch von zersplitterndem Glas, dann sehen wir die leeren Wein- und Bierflaschen, nach Farben und Größe sortiert, ein paar grüne Flaschen, viele weiße. Fackeln werfen Licht auf den Apfelbaum, hinter den Lavendelsträuchern bewegen sich unruhig flatternd ihre Schatten. Julie steht vor dem Haus, steht da in ihrem Kleid, in einer Hand eine leere Weinflasche. Sie blickt sie an, als könne sie sich nicht entscheiden. Sie lässt sie ins Gras fallen, setzt sich auf den Boden. Das Haus ist unversehrt geblieben, kein Loch, keine Delle, nicht mal ein Fleck zeugt von einem Angriff. Julie hebt die Hände, dreht die Handflächen nach oben, als lese sie die Lebenslinien.

Jan hält es neben mir nicht mehr aus. Er läuft auf Julie zu und geht vor ihr im Gras in die Hocke. Julie starrt weiter auf ihre Handflächen, sie scheint leicht zu bluten. Jan umfasst ihre Handgelenke und redet auf sie ein, als überzeuge er sie von etwas, als wisse er ein Mittel, um sie zu beruhigen. Sie sehen vertraut aus miteinander, nicht wie Nachbarn, die sich nur grüßen, wenn sie sich zufällig auf der Straße vor dem Haus oder im Supermarkt begegnen. Julie greift zum Fotoapparat, der noch immer um Jans

Hals hängt, richtet die Kamera erst auf die wenigen Scherben, dann auf ihn, der so nah vor ihr sitzt, dass das Bild verschwommen sein wird.

Auf dem Regal im Bad findet Jan einen Verbandskasten mit abgelaufenem Haltbarkeitsdatum. Das sei ihr egal, sagt Julie, Pflaster sei Pflaster, Hauptsache, es käme kein Dreck in die Wunden. Sie streckt ihre Hände gerade nach vorne, Jan klebt die Pflaster sorgfältig auf.

Ich gehe ins Haus und schließe die Tür hinter mir. Ich lösche das Licht und lege mich auf meine Matratze. Ich höre, wie die Scherben in einen Eimer geworfen werden, höre das Scharren eines Besens auf Asphalt. Ich halte mir die Ohren zu und schlafe ein.

DER GOLDFISCH LIEGT OHNE Schwanzflosse auf dem Flokati im Wohnzimmer und bewegt sich nicht mehr. Die Katze sitzt auf dem Sideboard und säubert sich mit ihrer Zunge das Fell. Sie hat immer noch keinen Namen, ich nenne sie jeden Tag, wenn ich sie füttere, anders, ich nenne sie Mietze, manchmal Fleck, manchmal Mia. Ich passe auf, dass es meine Mutter nicht hört, sie hat gesagt, die Katze brauche keinen Namen, sie würde bestimmt sowieso bald verschwinden.

Meine Mutter nimmt den Fisch mit spitzen Fingern, trägt ihn in den Garten und wirft ihn in die Mülltonne.

Die Katze folgt ihr und zieht das linke Hinterbein nach. Neugierig hebt sie den Kopf und will auf die Tonne springen, da gibt ihr meine Mutter einen Klaps und die Katze humpelt weg.

Das leere Aquarium stellt meine Mutter zwischen die Fahrräder in den Schuppen, zwischen Spaten, Rechen und Rasenmäher.

»Dein Vater kann nichts mehr genießen«, sagt meine Mutter in Vaters Anwesenheit, sie spricht es in die Pflanzen auf der Fensterbank in der Küche, zupft Basilikumblätter vom Strauch und legt sie auf Tomatenscheiben, schneidet Kresse und vermengt sie mit Quark. Sie stellt die Schälchen vor mich auf den Tisch, legt zwei Scheiben Brot auf einen Teller. »Guten Appetit«, sagt sie und verlässt den Raum. Das Deckenlicht flutet den Tisch und taucht den Rest des Raumes in Dunkelheit. Mein Vater schenkt mir ein Glas Milch ein und setzt sich neben mich. »Keine Butter unter den Quark«, sagt er. Sein Platz bleibt leer, kein Teller, kein Glas.

Mein Vater räumt das dreckige Geschirr in die Spülmaschine, geht dann zum Kühlschrank und öffnet ihn. Ob ich noch einen Fruchtzwerg wolle, fragt er mich und reicht mir einen Löffel. Als ich die kleine Portion aufgegessen habe, verlässt mein Vater die Küche und ich höre im Bad das Wasser rauschen, höre, wie er unter die Dusche steigt.

Mein Vater kommt vom Arzt zurück. Er legt sich ins Bett, ich sitze neben ihm auf einem Stuhl. Mein Vater erzählt von der langen Spritze, die der Arzt in seinen Rücken gesteckt und mit der er Flüssigkeit aus seinem Rückenmark gezogen habe. Er verzieht das Gesicht, als habe er in eine Zitrone gebissen. Er sagt, der Arzt müsse die Flüssigkeit jetzt untersuchen, er hoffe, er werde diesmal etwas finden, denn wenn er nichts finde, wisse er nicht, woran es läge, dass durch seinen Kopf immer Züge ratterten.

Immer wieder muss ich an Vaters schmerzverzerrtes Gesicht denken. In der Schule, auf dem Heimweg, bei Lena, bei meiner Mutter in der Buchhandlung. Immer wieder muss ich an die Spritze denken, die sie meinem Vater in den Rücken gesteckt haben.

VON DEN RUFEN EINER Krähe werde ich wach. Julie ist nicht da. Ich gehe vor das Haus und stehe im Gras, in dem kein einziger bunter Glassplitter glänzt. Die Scherben sind verschwunden. Ich sehe, wie eine Amselmutter ihr Nest im Apfelbaum nicht verteidigen kann. Die Krähe wird es bis auf das letzte Kind ausrauben. Ich gehe zurück ins Haus, wo nur das Transistorradio leise Töne spuckt.

»Julie« steht auf dem Umschlag des kleinen Buches, das auf der Kommode neben der Pfanne mit dem alten Rosmarinfisch liegt, neben dem Glas Erdbeermarmelade und einem klebrigen Messer. Ich klappe das Buch auf. Julies

Wörter sind rund und nach rechts gebeugt, sie gleichen den Zeilen aus dem Brief nicht. Ich fege das Buch mit dem Handrücken von der Kommode.

Ich mache Kaffe und heiße Milch. Mit der Tasse setze ich mich an den Tisch und warte, schaue zu Jans Haus. Die Haustür geht auf und Julie tritt heraus, kommt durch die Gärten rüber zu mir. Sie sagt nichts, geht ins Bad. Ich höre, wie die Dusche angestellt wird, ich sehe, wie Jan vor sein Haus tritt und sich streckt, er sieht mich durch das Fenster hindurch und winkt mir.

Als ich mich umdrehe, sehe ich Julie, die langen Haare nass auf der Schulter, sie lächelt mir zu, das erste Mal lächelt sie mich an, auf ihrem Schneidezahn ein heller, an den Seiten auslaufender Fleck.

OB ICH IHM ZIGARETTEN holen könne, fragt mein Vater, er steht vor dem Schuppen und raucht. Er drückt mir ein paar Münzen in die Hand. Ich solle es meiner Mutter aber nicht verraten. Mein Vater bläst den Rauch in Kringeln in die Luft, ich versuche, sie mit den Händen zu fangen. Die Zigarettenstummel sammelt er in einer alten Tasse, in die er ein wenig Wasser gefüllt hat.

Vier Monate hat mein Vater in der anderen Stadt in einem großen, weißen Haus mit alten Türen verbracht. In wenigen Tagen hat er Geburtstag. Es ist immer noch Sommer, es ist immer noch so heiß, dass der Rasensprenger erst angemacht werden darf, wenn der Schatten des Kirschbaums größer wird. Meine Mutter hat uns heute Morgen den Bastkorb mit Limonade, frischem Obst und Butterbroten gepackt, so wie in den letzten zwei Wochen, in denen sie wieder in ihrer Buchhandlung arbeiten musste. Seit ein paar Tagen findet sie den Korb am Abend unangetastet im Flur. Sie schimpft nicht, wenn sie ihn sieht. Sie packt den Korb am nächsten Morgen erneut.

Mein Vater geht nicht mehr im Freibad schwimmen, er arbeitet nicht mehr im Garten, er spricht nicht mehr von Zukunftsplänen, von Reisen.

Manchmal drückt er seine Hände links und rechts gegen die Schläfen, und wenn ich ihn frage, was er habe, sagt er: »Kopfschmerzen.«

Mein Vater sitzt im Wohnzimmer und richtet den Blick auf den Gameboy in seiner Hand, manchmal setze ich mich neben ihn, sehe zu, wie er Stein auf Stein schichtet.

»Ich möchte auch einen Gameboy«, sage ich abends zu meiner Mutter. Sie steht in der Küche und zieht die nasse Wäsche aus der Maschine, trägt sie im Korb auf die Terrasse. »Nein«, sagt sie. Es ist ein so durchdringendes Nein, dass ich nicht noch einmal nachfrage.

JAN SAGT, ER WOLLE mir jemanden vorstellen, und Julie komme auch mit, genau genommen sei es ihre Idee.

Wir gehen im Gänsemarsch die Straße entlang, die ins Dorf führt. Erst Julie, dann Jan, ich komme zuletzt. Ein Tattoo ziert Julies rechtes Schulterblatt, ein sonnenähnliches Gebilde, ein runder Körper, von dem Strahlen abgehen.

Uns fehlen nur die Strandmatten in der Hand und ein Sonnenschirm über der Schulter, dann könnte man uns für Freunde halten. Wir wechseln kein Wort miteinander. Man könnte denken, dass wir Freunde seien, die sich gestritten haben oder die sich nach den vielen gemeinsamen Urlaubstagen einfach leicht auf die Nerven gehen. Julie hat sich freigenommen oder hat heute sowieso ihren freien Tag, so genau weiß ich das nicht.

Wir stehen vor der Bar du Matin, zwischen den weißen Plastikstühlen und dem »*Moules-Frites*«-Schild, und Jan guckt immer wieder auf seine Uhr, als habe er es eilig oder noch einen Termin. Julie setzt sich auf einen Stuhl, streckt die Beine von sich und legt die Arme hinter den Kopf.

Als eine ältere Frau mit einer Holzkiste in den Händen auf uns zukommt, winkt Jan ihr ein wenig schüchtern, als wolle er kein Aufsehen erregen. Die Frau ist vielleicht Mitte fünfzig, sie hat eine zierliche Statur und ihre dunklen, schulterlangen Haare sind von grauen Strähnen durchzogen. Sie trägt ein dunkelgraues, knielanges Kleid. Ich sehe sie durch Paris schlendern, sehe sie in einer Chocolaterie, wie sie ihren Gästen heiße Schokolade mit ein wenig Chili anbietet, ich sehe, wie die Gäste erst skeptisch schauen, dann jedoch immer wieder kommen, um mehr Schokolade zu kaufen. Ich erwarte, dass sie jeden Moment eine dampfende Tasse hinter ihrem Rücken hervorholt, gefüllt mit dickflüssiger Schokolade, doch sie nickt uns nur zu, und Jan setzt schon an, etwas zu sagen, da geht sie an uns vorbei in die Bar und stellt die Holzkiste mit den Miesmuscheln auf dem Tresen ab. Der Geruch nach Meer zieht hinter ihr her, aber vielleicht bilde ich mir das auch nur ein, weil ich es schön fände, hier mitten im Dorf den Meeresgeruch zu riechen. Sie gibt dem Kellner ein Zeichen, dass er die Holzkiste wegräumen soll, dann dreht sie sich um und kommt wieder zu uns nach draußen.

Julie steht auf und Jan sagt, »Das ist Camille, ihr gehört die Bar du Matin, und das hier ist Juno.« Camille hat rote Wangen wie ein junges Mädchen, das noch nicht mit dem Rougepinsel umgehen kann. Sie schüttelt mir lächelnd die Hand, küsst mich drei Mal zur Begrüßung, als würden wir uns schon lange kennen.

Das Boot stehe unten, sagt Camille auf Französisch. Sie steckt sich eine Zigarette an und geht voraus. Wir gehen über die Promenade, vorbei an den Familien, die Mütter packen die Getränke aus der Kühltasche aus, verteilen die geschmierten Brote an Mann und Kind, legen die Sonnencreme bereit und prüfen, ob der Stoffhut mit der breiten Krempe noch sitzt.

Das Meer wirft nur kleine Wellen, die sich langsam Richtung Strand schieben. Wir sind barfuß und weichen scharfen Muschelkanten und zerrupften Möwenfedern aus, wir weichen dem Wasser aus, das unsere Fußspuren sofort wieder verschwinden lässt. Julie und Camille reden miteinander so schnell auf Französisch, dass Jan und ich völlig ausgeschlossen sind. Unter »Vorstellen« stelle ich mir etwas anderes vor.

Wir kommen zu einem kleinen, betonierten Steg. Links und rechts von uns zähle ich die fest verschlossenen, mannsgroßen Holztüren in Blau, Rot und Türkis, die im Beton eingelassen sind, alte Metallstreben halten sie fest, der Rost hat dicke, nach unten hin auslaufende Spuren auf dem Holz hinterlassen. Vor manchen wächst wetterfestes Unkraut. Camille schließt die erste Tür auf, gemeinsam mit Jan zieht sie ein kleines Boot heraus.

Wir leihen uns ihr blaues Fischerboot, ein schlichtes Boot wie aus einem französischen Film, zwei schmale Bänke, zwei Paddel.

ICH KANN NICHT VERSTEHEN, was meine Mutter ruft. Ich sitze auf der Wiese vor unserem Haus, die Sonne scheint durch die Baumkronen und ein leichter Wind streicht über die Blätter. Ich schnitze an einem Stock. Meine Mutter rennt an mir vorbei, ich hebe den Kopf, sie hat ihre Hausschuhe an, eine lange, braune Strickjacke, eine Tasche über der Schulter. Ich spüre einen Schmerz in der Handfläche, da ist Blut, hellrot, ein feiner Schnitt entlang der Lebenslinie, der langsam breiter wird. Meine Mutter rennt an mir vorbei, mein Vater antwortet ihr nicht, ich sehe ihn nicht. Meine Mutter steigt in unseren Kombi und startet ihn, ein bisschen Dreck wirbelt auf, als sie anfährt. Sie fährt nach hinten, bremst, fährt nach vorne. Die Mittagssonne reflektiert auf dem Heck und dann ist das Auto nicht mehr zu sehen, ich strenge meine Augen an und kneife sie zusammen, aber ich sehe nur noch die Hecke, den goldenen Weizen dahinter, in der Ferne den Wald.

Das Blut ist auf mein Kleid getropft, ein pflaumengroßer, roter Fleck. Auf meinem Oberschenkel spüre ich Feuchtigkeit, ich lasse den Stock und das Messer im Gras zurück, die Tür von der Terrasse zum Wohnzimmer hat meine Mutter offen gelassen.

Mein Vater sitzt in der Küche und guckt aus dem Fenster. Vor ihm auf dem Tisch steht ein Teller mit Nudeln, daneben der Topf mit der Soße und ein Schälchen mit Parmesan, meine Mutter und ich haben vorhin schon zu Mittag gegessen, ich war so satt, dass ich fast beim Schnitzen eingeschlafen wäre. Mein Vater hat den Teller nicht angerührt. Ich gehe zu ihm und schlinge die Arme um seinen Hals, schmiege meinen Kopf an seine Brust, er ist warm. Mein Vater drückt mich. Ich löse mich von ihm, ein kleiner roter Fleck bleibt auf seiner Schulter zurück, ich versuche, ihn mit der Hand wegzustreichen.

Als meine Mutter zurückkommt, ist es draußen schon dunkel. Ich warte in der Küche, durch das Fenster sehe ich etwas entfernt die beleuchtete Straße Richtung Stadt. »So behalten wir den Anschluss zur Welt«, hat meine Mutter einmal gesagt. Ich höre ein Geräusch und gehe in den Flur, mache die Haustür auf. Ich sehe, wie meine Mutter dem Taxifahrer Geld gibt. Das Licht über der Haustür strahlt sie an, als sie die Treppenstufen hinaufläuft, die Wangen blass, der Lippenstift frisch aufgetragen, die Tasche in der Hand.

Das Auto sei kaputtgegangen, sagt sie und streicht mir übers Haar, ihre Hand ist kalt. Ihre Hausschuhe sind voller Matsch. »Papa ist ins Bett gegangen«, sage ich, »natürlich«, antwortet meine Mutter. Sie hält meine Hand fest, dreht die Innenfläche nach oben, das Blut ist getrocknet, die Wunde klafft auf. Aus dem Badezimmer holt sie einen Waschlappen, Pflaster und Schere, versorgt die Wunde.

Der Mond erleuchtet das Zimmer, ich habe Durst. Als ich die Treppe zur Küche hinuntergehe, sehe ich, dass im Wohnzimmer noch Licht brennt. Meine Mutter sitzt zwischen den Agaven und Zitrusbäumen im Sessel, der Kopf an der Lehne. Sie hat sich nicht umgezogen. Als ich näher komme, höre ihr gleichmäßiges Atmen.

JULIE SETZT SICH AUF die vordere Bank und gibt den Kapitän, Jan und ich schieben das Boot mit hochgekrempelten Hosen ins Meer.

Wir springen zu ihr ins Boot. Julies Haut ist gebräunt, meine immer noch rot. An Land steht Camille, die Hände in die Seiten gestemmt, sie winkt und lächelt, bleibt noch lange so stehen. Jan rudert, wir kommen kaum voran.

Jan hört abrupt auf und sagt: »Habt ihr euch schon mal zusammen im Spiegel angesehen? Eure Haare haben die gleiche Farbe.« Er beugt sich nach vorne, nimmt eine Strähne von Julies Haar, zieht eine Strähne aus meinem Zopf und hält sie gegen die Sonne.

Jan hört auf zu rudern, Julie und ich übernehmen die Paddel. Jan knipst Fotos von Julie und mir. Immer wieder das Klicken, wenn er auslöst und den Film weiterspult. Eigentlich müsste der Film schon längst voll sein.

»Hört mal kurz auf«, sagt Jan, er reicht Julie die Kamera, zieht mich nach hinten zu sich, mein Paddel fällt ins Boot. Ich ertrage seine Hände auf meinen Armen nicht, schiebe sie weg, und Julie drückt ab, spult den Film weiter, drückt wieder ab. Ich befreie mich, nehme Julie die Kamera ab und werfe sie Jan in den Schoß.

Ich springe ins Meer und habe sofort Gänsehaut am ganzen Körper, so kalt ist es. Als ich auftauche, schnappe ich nach Luft. Mit schnellen Bewegungen schwimme ich zu den Klippen, suche irgendwo Halt und taste die Felsen ab, aber ich finde nichts. Julie und Jan sitzen wartend und schweigend im Boot, die Wellen haben es nicht weggetrieben.

»Wir müssen zurück«, ruft Jan. Ich werde es nicht schaffen, die ganze Strecke zur Anlagestelle zurückzuschwimmen, nehme tief Luft und tauche zum Boot. Ich strecke Jan meine Arme entgegen, er zieht mich ins Boot und Julie wirft mir ein Handtuch zu. Langsam fühle ich, wie Wärme zurück in meinen Körper strömt. An meinen Beinen bilden sich rote Flecken.

AN MEINEM GEBURTSTAG IST mein Vater nicht da. Ich werde elf. Meine Mutter schenkt mir eine Kamera, sie sagt, es sei die Idee meines Vaters gewesen, sie hoffe, dass ich mich darüber freue. Die Kamera ist klein und schwarz, hat einen Blitz und ein Bändel, an dem ich sie mir ums Handgelenk schnüren kann. Ich fotografiere meinen Weg zur Schule, ich fotografiere mein Fahrrad, ich fotografiere Lena in ihrem Zimmer, ich fotografiere die Katze, ich fotografiere meine Mutter in ihrer Buchhandlung, fotografiere den Efeu am Haus, ich fotografiere den Himmel mit seinen weißen Schlieren. Ich lasse die Fotos entwickeln und hänge sie in meinem Zimmer auf.

Mutter kommt in mein Zimmer und sagt, dass die Fotos sehr schön seien. Sie gibt mir einen Briefumschlag. Ich solle doch zwei Fotos raussuchen und sie meinem Vater in die Klinik schicken, sagt sie.

Meine Mutter kauft Pflanzen, sie kauft kleine Palmen im Baumarkt, sie kauft Blumen mit bunten Blüten in grauen

Töpfen in der Gärtnerei, sie kauft Samen für Sonnenblumen und Fingerhut im Supermarkt. Es blüht und wächst bald im ganzen Haus und im Garten, jeden Tag kommt etwas Neues dazu.

Zuerst sagen sie, dass wir meinen Vater in der Klinik nicht besuchen dürfen, er brauche Ruhe, doch dann heißt es plötzlich, Besuch sei höchsterwünscht. Meine Mutter kauft mir das Zugticket und legt es an meinen Platz am Frühstückstisch. Ich fahre mit dem Zug in eine andere Stadt, sie ist nicht sehr weit entfernt. Ich schaue während der Fahrt aus dem Fenster und sehe Erdbeerpflücker mit Hut, die Rücken rund, die Hände flink, die Sonne scheint auf sie hinab.

Die Stadt, in der die Klinik liegt, ist klein. Vom Bahnhof aus kann ich zu Fuß gehen. Es riecht komisch in der Klinik, nach Schwimmbad und abgestandener Luft. In den Gängen gehen Patienten in Jogginghosen und mit bleichen Gesichtern umher, die nicht zurückgrüßen, als ich an ihnen vorbei zu meinem Vater ins Zimmer gehe. Er wartet. Er sitzt auf dem Bett, lehnt sich mit dem Rücken an ein dickes Kissen. Er lächelt, als er mich sieht. »Danke für die Fotos, Juno«, sagt er.

Ich fotografiere meinen Vater in seinem hellblauen Jogginganzug auf seinem Metallbett sitzend, ich fotografiere ihn in der Cafeteria. Wir trinken Kakao.

Mein Vater sieht aus dem Fenster. Ich weiß nicht, was ich ihn fragen soll, aber dann frage ich doch: »Was machst du den ganzen Tag?« Er sagt, dass er mit anderen Patienten und Ärzten spreche, dass er Speckstein zu Figuren verarbeite und dass er Sport mache. Wie es zu Hause sei, fragt er. Dass meine Mutter die ganze Zeit Blumen kaufe, als lebten wir in einem Blumenladen, erzähle ich meinem Vater. Dass sie einen Korb an ihrem Fahrrad befestigt hat, in dem sie die Lebensmittel für das Mittagessen in die Buchhandlung transportiert, erzähle ich, und dass sie sich freue, so viel an die frische Luft zu kommen, und nur meckert, wenn es regnet. Ich erzähle ihm von Blaubeerpfannkuchen und Ahornsirup, die ich mir für ihn wünsche, wenn er wiederkommt. Blaubeerpfannkuchen esse ich am liebsten.

Auf dem Rückweg schaue ich wieder aus dem Zugfenster, ich sehe keine Erdbeerpflücker mehr auf den Feldern. In meiner Hand halte ich einen Delfin aus Speckstein. Ich denke an meinen Vater und stelle mir vor, wie er mit vielen anderen Leuten in einem Stuhlkreis sitzt und redet.

WÄHREND ICH GEDUSCHT UND mich umgezogen habe, waren Jan und Julie einkaufen und haben ein Feuer im Garten gemacht. Die Holzscheite sind lehrbuchhaft geschichtet und aneinandergelehnt, manchmal zischt und knackt es und der Haufen fällt ein bisschen in sich zusammen, Rauch steigt auf, dazwischen kleine Funken wie ein Feuerwerk.

Südfrüchte, Melonen, Ananas, Zitronen und Papaya liegen auf der Kommode, und Julie sagt, dass gleich ein paar Leute kämen, das sei schon lange ausgemacht. Sie schneidet die Früchte in Streifen, drapiert sie auf einem silbernen Tablett, schleckt sich die nassen Finger ab.

Es dauert nicht lange und die Räume im Haus sind gefüllt, überall sind Menschen, überall französische Sätze. Jan stellt die Musik noch etwas lauter und zündet die Kerzen auf den Fensterbänken an. Julie habe morgen Geburtstag, sagt er, deswegen feiern wir heute, und ich frage mich, wann ich das letzte Mal Geburtstag gefeiert habe, wann Gäste bei mir waren oder bei uns, wann ich Glückwünsche empfangen habe und Umarmungen, mir ein Kuchen gebacken wurde. Ich kann mich nicht erinnern. Aber ich erinnere mich, dass meine Mutter sagte, dass sie für Vaters Geburtstag eine Idee habe, dass es eine Überraschung werde. Ich erinnere mich an unsere Vorbereitungen im Garten und in der Küche und daran, dass es das letzte Mal war. Meine Mutter, die danach nie wieder eine Idee für einen Geburtstag hatte, und ich, die verlernt hat, wie man Geschenke aussucht und sie verpackt, wie man Geschenke annimmt oder was man antwortet, wenn man nach einem Wunsch gefragt wird.

MEIN VATER IST JETZT JEDEN Tag zu Hause, manchmal schreibt meine Mutter ihm Zettel. »Im Garten Laub rechen« steht darauf, oder »mit dem Auto in die Waschanlage fahren«, oder »einkaufen gehen, frag Juno, ob sie mitgehen möchte«. Wenn ich von der Schule nach Hause komme, ist meistens noch nichts davon gemacht. Ich mache meine Hausaufgaben, ziehe meine Jacke und die Gummistiefel an, gehe in den Garten, hole den Rechen aus dem Schuppen und kehre das Herbstlaub zusammen. Manchmal gehe ich einkaufen, die Sachen lade ich in den Fahrradkorb, oder ich frage meinen Vater, ob wir in die Waschanlage fahren.

Das Wasser prasselt auf uns hinab, wir bleiben im Auto sitzen. Ich mag die verschwommene Sicht durch die Frontscheibe. Plötzlich höre ich Vater weinen. Es ist das erste Mal, dass ich ihn so sehe. Ich versuche, ihn zu umarmen, so, wie ich es mit Lena mache, wenn sie traurig ist. Aber mein Vater hört nicht auf zu weinen. Seine Augen sind ganz klein und rot. Er habe keine Arbeit mehr, sagt er, sie haben ihm gekündigt. Mit den Händen fährt er die Ablage entlang, sucht ein Taschentuch und findet keins. Dann öffnet er die Tür, das Wasser dringt ins Auto ein, die Sitze sind schnell nass. Er weicht den Reinigungsbürsten aus und bleibt im Waschanlagenregen stehen. Hemd und Hose kleben an seinem Körper. Er verschwimmt und bald schon kann ich ihn nicht mehr erkennen.

WIR TRINKEN VIEL, die Korken ploppen. Jan öffnet eine Weinflasche nach der anderen und schenkt den Wein in immer neue Gläser aus. Als es keine frischen mehr gibt, holt Jan noch Gläser aus seinem Haus.

Die Musik ist laut und lässt den Brustkorb vibrieren, auf dem Boden sitzen Mädchen im Schneidersitz, sie haben akkurat geschnittene Ponys und T-Shirts in Gold- und Silbertönen, sie sehen so gar nicht französisch aus, und ich frage mich, woher die ganzen Leute kommen, wo sich die Jungen den Tag über verstecken, welchen Strandabschnitt sie eingenommen haben, der abseits von den Familienstränden liegen muss, oder ob sie in den Dörfern im Inland leben und nur manchmal an die Küste fahren, ob sie die Verkäufer in den Souvenirshops sind, in den Crêperien, in den Bäckereien, ob sie tagsüber T-Shirts tragen, auf deren Rückseite das Logo des Ladens prangt und sie erst abends in ihre eigenen Kleider schlüpfen dürfen.

Ich drehe mich zu dem Mann, der neben mir am Fenster lehnt, wir stoßen unsere Gläser aneinander, das Klirren ist ein beruhigendes Geräusch, eines, das genauso klingt, wie man es erwartet. Der Mann sieht aufgeräumt aus und er sagt aufgeräumte Dinge: Er mache ein Auslandssemester in Rennes, einer größeren Stadt, etwas entfernt von hier. Den Sommer über wolle er noch die Küste und das Meer genießen, und er zwinkert mir zu, als wüsste ich, was er meint. Ich nehme einen Schluck vom Wein und sage, dass ich mich manchmal frage, ob er es schon lange geplant hatte, oder ob er es schon mal versucht hatte und es nicht klappte, weil er zu früh gefunden wurde, weil er zu wenig genommen hatte, weil er die Technik nicht beherrschte. Der Mann fährt sich langsam durch die Haare, trinkt einen Schluck, und er nickt, obwohl er nicht wissen kann, wovon ich spreche. Aus den Augenwinkeln sehe ich Julie und Jan. Julie spricht mit ihm, er schüttelt den Kopf, stellt frische Gläser auf die Kommode. Julie legt ihre Hand auf seinen Arm.

Der Mann will etwas sagen, aber ich komme ihm zuvor, ich sage: »Oder plant man es gar nicht, verlässt man seine Familie einfach so, von heute auf morgen, von jetzt auf später, blitzt die Idee einfach auf und man zieht es dann durch?«

Ich atme tief ein, der Mann blickt sich suchend um. Ich erwarte keine Antwort, ich drehe mich um und gehe zu Jan, der von Wein auf Bier umgestiegen ist und jetzt auch diese Flaschen öffnet, immer mehr Flaschen, er öffnet die Bierflaschen, schnippst die Kronkorken in eine Ecke und drückt jedem eine Flasche in die Hand.

Wir trinken weiter, wir bilden eine neue Reihe aus Flaschen an der Wand, und als die Getränke knapp werden, sagt Julie, ich solle jetzt endlich den Keller aufschließen, Julie, mit dem Rotweinmund, ihre Lippen trocken und rot. Mit wartendem Blick und einer Hand in die Seite gestemmt trinkt sie den letzten Schluck aus ihrem Glas, ich frage mich, woher die Dringlichkeit in ihrer Stimme stammt. Ich spüre den kalten Schlüssel an meinem Oberschenkel und werfe ihn Julie zu. Ich frage mich, warum sie die Tür nicht schon längst aufgebrochen hat, wenn sie es nicht erwarten kann, mit einem Stemmeisen in der Hand, Jan hätte ihr sicherlich geholfen. Mit einer schnellen Bewegung wirft Julie mir den Schlüssel wieder zurück.

AM TAG, BEVOR MEIN Vater in die Klinik fährt, gehe ich ins Schlafzimmer, setze mich auf das Bett und sehe zu, wie er seinen Lederkoffer packt. Wir werden ihn nicht besuchen dürfen und uns vier Monate nicht sehen, heißt es. Er nimmt Unterhosen und Unterhemden, Pullover und Hosen, legt sie ordentlich gefaltet in den Lederkoffer, die Hausschuhe wickelt er vorher in eine Plastiktüte. »Ich würde gerne ein Foto von uns dreien mitnehmen«, sagt er und fragt mich, ob ich es aussuchen wolle.

Im Wohnzimmer steht die Tür zur Terrasse offen, Frühlingslicht fällt hinein. Ich ziehe die unterste Schublade des Sideboards auf. »Wir müssen die Alben nicht immer sehen«, sagte meine Mutter, als sie sie wegpackte. Ich verstehe das nicht. Vorsichtig blättere ich die Seiten des Albums durch. Auf fast allen Bildern ist meine Mutter abgebildet, lachend, in Blümchenkleidern und dunklen Strumpfhosen, oft ist mein Vater mit ihr zusammen darauf, als haben sie den Selbstauslöser der Kamera eingestellt, nur selten gibt es andere Leute, Freunde meiner Eltern, die auch fotografiert wurden, vielleicht eine Handvoll. Sie sitzen im Garten an provisorischen Tischen, sie sitzen auf einer

Mauer, die ich nicht kenne, mit ihren ärmellosen Shirts und Sonnenbrillen sieht es nach einem Urlaubsfoto aus.

Es gibt nur ein einziges Foto, auf dem wir zu dritt zu sehen sind: Wir stehen vor unserem Weihnachtsbaum, Vater trägt eine zu große Brille, Mutters Wangen sind rot geschminkt, ich stehe in der Mitte, habe einen Kassettenrekorder in den Händen und gucke sehr ernst.

Ich löse das Foto langsam aus dem Album heraus, Klebstoffreste bröckeln zwischen meinen Fingern. Meine Mutter schließt die Terrassentür und nimmt mir das Album aus der Hand. »Immer diese Fotos«, sagt sie und schiebt mit dem Fuß die Schublade zu.

»Das ist das Schönste«, sage ich und strecke meinem Vater das Foto entgegen. Er lächelt mich an, nimmt das Foto nicht, dass das Foto für mich sei, sagt er, und dass ich es einmal in der Mitte knicken und in mein Portemonnaie stecken solle. Vielleicht weiß er, dass die Alben verloren gehen werden, dass ich keines der Bilder werde behalten können und dass dieses Foto das Einzige ist, das die Zeit überdauern wird. Ich trage es immer bei mir.

ES IST DUNKEL IM KELLER und kalt. Baked Beans steht auf einer der vielen Konserven, die auf den vier Regalen entlang der Wände aufgereiht sind. Mais, Brechbohnen, Kichererbsen, Eintopf, als habe jemand ein Lager vorbereitet, um eine Zeit unter der Erde zu überbrücken. Als ich mit dem Finger über die bedruckten Etiketten fahre, bleibt Staub an ihm zurück. Ich habe Gänsehaut auf meinen Armen. Julie zieht eine kleine Holzkiste aus dem Regal, es folgt ein kleiner Aufschrei, als habe sie etwas entdeckt, das sie schon lange gesucht hat. »Leer!«, sagt sie, als sie wieder aufschaut.

Ich habe nicht geglaubt, hier unten etwas zu finden, von dem ich lange vergessen hatte, dass es existiert, etwas, das mich an die Zeit in unserem großen Haus erinnert, das Haus mit den Wänden voller dunklem Efeu, mit dem Schuppen und der Hecke, mit dem Blick auf die Felder und dem Blick zur Stadt, dem Anschluss zur Welt. Ich habe es nicht geglaubt, aber ich habe es mir gewünscht, und jetzt stehen nur bunt bedruckte Konserven mit längst abgelaufenem Haltbarkeitsdatum vor mir. Die Enttäuschung lässt meine Zunge pelzig werden, ein dicker, mit Fell überzogener Lappen.

Ein paar von Julies Gästen haben sich entlang der Kellertreppe positioniert, sie recken die Hälse, um etwas zu sehen, aber die Neugier in den Blicken verliert sich schnell. Ich spüre einen Kloß im Hals und gehe an den Gästen vorbei nach oben.

Jan steht mit einem goldglänzenden Ponymädchen neben den Südfrüchten und lacht, ich höre, wie er von seinen Entwürfen spricht, von seinen Modellen, die drüben im Haus stehen. Das Mädchen nickt, stellt sein Weinglas auf die Kommode und nimmt eine Ananasscheibe vom

Silbertablett, schiebt sie Jan in den Mund. Dann stimmen ein paar der Gäste ein Geburtstagslied an, es ist zwölf Uhr.

Julie kommt die Treppe nach oben und lächelt, wie ich sie noch nicht habe lächeln sehen. Sie hat noch immer die Holzkiste in der Hand, mit der anderen umgreift sie ihr Medaillon. Die Gäste singen ›*Joyeux Anniversaire*‹, Wunderkerzen, Kuchen, sie stehen in einer Reihe und singen das Lied. Julie holt sich bei jedem Gast einzeln Geburtstagsküsse und Geschenke ab, ich stehe in der zweiten Reihe, mich sieht sie nicht.

Das Feuer vor dem Haus erhellt die Nacht. Hier draußen kommen die Partygeräusche nur gedämpft an, ich habe mich ins Gras gesetzt und ertränke meine Gedanken in einem letzten Schluck Wein. Abwechselnd starre ich in das Feuer und denke an die Sonnenfinsternis vor ein paar Jahren und daran, ob man die Augen auch schützen muss, wenn man nur in ein Feuer schaut. Dann sehe ich wieder durch das Fenster und sehe die Gäste im Haus tanzen, manchmal auch Julie, erst mit Jan, dann mit einem anderen Mann, ich sehe sie ohne Musik tanzen, höre nur die Bässe, weil der Rest von den Hauswänden verschluckt wird.

Irgendwann steht Jan vor mir, er nimmt mir das Glas aus der Hand, packt mich am Handgelenk und zieht mich wieder ins Haus hinein. Die Luft steht, ich spüre die Euphorie, die zwischen den Menschen entstanden und auf mich noch nicht übergesprungen ist. Jan füllt drei kleine Gläser mit Wodka, wieder, wie in der Bar du Matin vor einigen

Tagen, als wir uns kennenlernten. Doch er verschwindet kurz noch einmal, kommt mit einer Gewürzdose zurück. »In Frankreich trinkt man Wodka mit Zimt«, sagt er und streut das braune Pulver in unsere Gläser. Jan winkt Julie, zu dritt stürzen wir den Wodka hinunter, Julie streicht sich mit dem Handrücken über die Lippen.

Der Takt der Musik ist schneller als mein Herzschlag, das denke ich zumindest. Julie tanzt in der Mitte des Raumes, die anderen Gäste bilden einen Kreis um sie. Dann kommt sie wieder auf uns zu, immer noch tanzend, sie bleibt vor mir stehen und bewegt sich weiter im Rhythmus der Musik, schaut mir tief in die Augen. Sie lächelt. Ich kann nicht anders, ich muss auch tanzen, der Alkohol hilft, meine Bewegungen geschmeidig zu machen.

Julie und ich tanzen miteinander, als wären wir schon oft zusammen ausgewesen. Ich nehme Jan die Flasche aus der Hand, trinke das Bier, gebe Julie die Flasche, sie hält sie senkrecht an ihre Lippen und trinkt sie leer. Wir merken nicht, dass es um uns herum immer leerer wird, dass auch das Mädchen mit dem goldenen Top geht und der Student aus Rennes. Erst als weiches Morgenlicht durch die offenen Fenster strahlt und die kleinen Alkoholpfützen und Kronkorken auf dem Boden zum Glänzen bringt, sehen wir, dass da niemand mehr ist. Nur wir drei.

Das Feuer im Garten ist heruntergebrannt. Wir liegen in der Morgendämmerung auf Matratzen neben der glimmenden Glut. Julie spricht etwas auf Französisch vor sich hin, vielleicht eine Gute-Nacht-Geschichte, sie hat die Augen geschlossen. Jan liegt neben mir, ich spüre, wie sich sein Brustkorb hebt und senkt, er dreht seinen Kopf und kommt näher, ich spüre seine kalte Zunge, wie sie über meine Mundwinkel fährt. Da sei noch ein Krümel gewesen, sagt er, Krümel und ein Fleck vom Wein, aber ich mag diesen Kuss, ich brauche keine Ausrede und ich küsse ihn zurück, lecke seine Mundwinkel aus.

IM GARTEN RIECHT ES nach frisch gemähtem Gras. Eine flache Spur führt vom Haus zum Schuppen, an ihrem Rand strecken sich die Grashalme in die Höhe, beugen sich auf den neuen Weg, wie Schilf am Rand eines Teichs. Am Ende der Spur steht der Rasenmäher hüpfend vor dem Schuppen, er gibt bretternde Laute von sich und wartet darauf, geführt zu werden. Meine Mutter sitzt auf meiner alten Schaukel, die mein Vater aus dem Schuppen geholt und an einem Ast des Kirschbaums befestigt hat. Das Blümchenkleid meiner Mutter flattert im Wind, sie schwingt vor und zurück. Mein Vater steht hinter ihr und stößt sie immer wieder an. Mutters Lachen, laut und glucksend, wird über den Lärm des Rasenmähers bis zu mir getragen, »höher!«, ruft sie, als sich ihr Haarband löst, »noch höher!«, ihr Rücken ist fast parallel zum Boden, »schneller!«.

Mutters Haar steht zerzaust vom Kopf ab, als die Schaukel langsam ausschwingt. Jetzt erst nehmen sie die Geräusche des Rasenmähers wahr. Meine Mutter schaltet ihn kichernd aus. Mein Vater legt seinen Arm um ihre Schulter, sie dreht sich zu ihm. Sie stehen in der Mittagssonne im Garten, als würden sie aneinander festkleben, sie umarmen sich. Mutters Augen sind geschlossen, von meinem Vater sehe ich nur den Rücken. Es kommt mir vor, als ständen sie Minuten so zusammen, als schlössen sie die Welt aus, als hätte ich nichts mit ihnen zu tun.

Ich pflücke die Blumen, die wild vor der Hecke wachsen, niemand hat sie gepflanzt. Es sind Blumen mit großen Blüten, Blumen mit kleinen Blüten, Blumen mit Blättern und mit behaarten Stängeln. Auf den Wohnzimmertisch habe ich meine Presse bereitgelegt: Zwei quadratische Holzstücke, die von Schrauben zusammengehalten werden, dazwischen Pappe, Papier und die Blumen. Ich ziehe die Schrauben fest zusammen.

DER PLATZ NEBEN MIR ist leer. Ich lasse Julie auf der Matratze liegen und gehe ins Haus, wo ich Wasser aus dem Hahn trinke und mich wundere, dass keine Gestrandeten hiergeblieben sind und auf dem Boden schlafen. Ich steige unter die Dusche, das kalte Wasser macht den Kopf wieder klar und ich erinnere mich an die Kellertür. Nach dem Duschen öffne ich sie und schaue die Holztreppe hinab, die

Glühbirne im Raum flimmert, wir haben vergessen, das Licht wieder auszuschalten.

Ich räume auf. Ich gehe mit dem Müllsack durchs Haus und schmeiße alles hinein, Reste von Südfrüchten, Kronkorken und abgebrannte Wunderkerzen.

Jan steht in der Sonne und bewässert mit einem Schlauch die Beete, die keine Beete mehr sind, weil nichts in ihnen wächst, weder Blumen noch Kräuter noch Gemüse. Es hat, seit ich hier bin, noch kein einziges Mal geregnet. Nur ein paar letzte Stängel stehen gelb, traurig und blattlos in die Höhe. Jan lässt den Schlauch auf den Boden fallen und geht ein paar Schritte zum Haus zurück, dreht das Wasser ab.

Ich betrete Jans Garten. Jan beachtet mich kaum, er kniet vor seinem Haus in der Sonne, er kniet auf dem Boden und reiht die Hausmodelle immer wieder neu auf, als bilde er eine Hierarchie. Eines der Modelle hat ein Stockwerk mehr als das wirkliche Haus, zu einem Modell gehört ein Swimmingpool, ein anderes ist umgeben von einem kleinen Wald, das muss doch Jahre dauern, bis die Bäume so dicht und groß gewachsen sind. Jan nimmt aus einem Korb eine Spraydose und sprüht eins der Häuser mit rostrotem Glanzlack an. Als es getrocknet ist, betrachtet er es von allen Seiten. Dann wirft er es zur Spraydose in den Korb. »Fertig für heute«, sagt er und ich helfe ihm, die Modelle ins Haus zu tragen.

Ich erschrecke mich kurz, als ich die ausgestopften Tiere

an den Wänden im Flur wiedersehe. Er verschwindet in der Küche, ich bleibe im Türrahmen stehen. »Hunger?«, ruft er mir über die Schulter hinweg zu und beginnt, den Kühlschrank auszuräumen.

Während Jan in der Küche das Fett aus der Pfanne spritzen lässt und immer wieder laut flucht, sehe ich mir das Haus an. Im Wohnzimmer entdecke ich zwei große Zeichenblöcke und eine Kladde, kurz lasse ich den Daumen hineingleiten und blättere sie ein wenig durch, auf jeder Seite eine Bleistiftskizze, Häuser, Autos, Gesichter von Frauen, die ich nicht erkenne, Gesichter von alten Leuten. Daneben ein Laptop, ein paar Fotofilme und eine Handvoll Stifte. Als das Telefon klingelt und Jan nicht aus der Küche kommt, nehme ich ab. Eine kratzige Männerstimme fragt, ob Madeleine da sei oder Naomi. Ich verneine, und als er fragt, wann sie wieder kämen, antworte ich, dass ich das nicht wüsste, aber dass ich glaube, dass sie hier nicht wohnen. Der Mann beginnt zu stöhnen, ich drücke auf den Knopf und unterbreche das Gespräch.

Auch wenn dieses Haus von außen meinem ähnelt, ist der Grundriss ein anderer. In dieses Haus wurden Energie und Ideen gesteckt, es wurde ein Haus daraus gemacht, eines, in dem es sich leben lässt. Nacheinander öffne ich alle Türen und sehe hinein, viele sind es nicht. Das Zimmer, in dem das Papier verteilt war, sieht noch genauso unordentlich aus wie vor ein paar Tagen. Eine Treppe führt hinauf zum ersten Stock, der wie in meinem Haus aus einem einzigen großen Raum besteht. An der Wand lehnt Rahmen neben Rahmen, in ihnen Schmetterling neben Schmetterling, durch die kleinen Körper sind Stecknadeln gestochen, die sie auf der Rückwand akkurat und alle im gleichen Abstand zueinander festhalten. Ein Rahmen ist voll mit schwarz-gelben Schmetterlingen, wie Mehrlinge sehen sie aus, nichts unterscheidet sie. In einem anderen Rahmen sind große und kleine, neonfarbene, gestreifte, gepunktete Schmetterlinge nebeneinander aufgereiht. Ich rutsche auf den Knien von Rahmen zu Rahmen, ein paar sind staubig, als würden sie schon ewig hier stehen, von anderen wiederum ist das Glas so klar, als sei es erst gestern poliert worden.

»Wie gefällt dir meine Sammlung?«, fragt Jan, er steht auf der Treppe, mit einem Messer in der Hand. Mit einem Schritt ist er neben mir. Er schiebt das Messer unter den Rand eines Kastens und öffnet ihn. Ich erzähle ihm von dem Mann am Telefon, der erst die Mädchen sprechen wollte und dann stöhnte. »Das Telefon klingelt hier oft«, sagt Jan, »ich gehe nicht mehr dran, es sei denn, ich erwarte einen Anruf.« Mit gespreizten Fingern löst er alle Schmetterlinge von den Nadeln und legt sie neben sich auf den Boden. Seine Nummer sei die eines ehemaligen Bordells, zumindest vermute er das, genau konnte er es nicht recherchieren. Aber er versuche jetzt, diese Inspiration für das Haus zu nehmen, für das ihm immer noch nichts eingefallen sei. »Oder die Schmetterlinge helfen mir und das

Haus bekommt etwas von ihnen«, sagt er. Ich frage, ob es seine Schmetterlinge seien, oder ob die Vormieter sie zurückgelassen haben. Er schüttelt den Kopf, das seien seine, sagt er, er habe etwas Schönes besitzen wollen. Behutsam legt er zwei Schmetterlinge auf seine linke Handfläche, als könnte er sie jetzt noch kaputt machen oder töten. Er öffnet das Dachfenster und lässt die beiden Schmetterlinge hinabsegeln.

GESTERN WAR SILVESTER. Als das Telefon klingelt, hängt meine Mutter in der Küche einen neuen Kalender an die Wand. Das Licht, das durch das Fenster fällt, ist heller als sonst. Es hat geschneit. Das Weiß des Schnees potenziert die wenigen Lichtstrahlen. Meine Mutter geht ans Telefon, so, wie sie immer ans Telefon geht. »Hallo«, sagt sie, und dann sagt sie nichts mehr, sie hält den Hörer in der Hand und sieht angestrengt auf den neuen Kalender: Wasserlilien, ein See, die Äste einer Trauerweide hängen ins Wasser. Meine Mutter sagt »nein«, dann wieder »nein«, dann legt sie auf und schmeißt das Telefon so auf den Küchentisch, dass es über die Platte rutscht und auf der anderen Seite des Tisches herunterfällt. Sie ruft meinen Vater und läuft durch das Haus, die Treppe hinauf in den ersten Stock. Ich kann genau verstehen, was sie sagt. »Wieder so ein Anruf«, sagt sie, »wir müssen jetzt etwas dagegen tun.« Ihre Stimme klingt aufgeregt.

Fünf Minuten später steht mein Vater in der Küche. »Wir gehen raus«, sagt er zu mir, »spazieren.« Ich ziehe mir die Daunenjacke und die Wollhandschuhe an, Vater seine ausgewaschene Jeansjacke. Wir rufen »Tschüss« und »bis später«, aber wir bekommen keine Antwort.

Wir gehen in die Stadt. Je weiter wir in die Innenstadt kommen, desto dreckiger wird alles: bunte Plastikraketen an Holzstielen, matschige Luftschlangen, rote Chinaböller, dunkelgraue Flecken im Weiß.

Vor dem Café auf dem Boden liegen glitzernde Plättchen von Silber und Gold im Schnee. Mein Vater drückt die Tür auf und ein Hauch von Zimt strömt hinaus. Die Wärme im Café umarmt uns. Vater bestellt heiße Schokolade, für mich mit Sahne, für ihn mit Schuss. Ich will ihn schon daran erinnern, dass er keinen Alkohol trinken soll, lasse es aber. Ich habe Angst, so zu sein wie meine Mutter, wie sie zu ermahnen oder ihren Blick anzunehmen, erstaunt, skeptisch oder prüfend.

»ICH GLAUBE«, SAGE ICH zu Jan, während wir den hinabsegelnden Schmetterlingen hinterhersehen, »dass es meinem Vater zumindest an manchen Tagen gut ging.« Ich habe ihm wenig erzählt bis jetzt, aber genug, dass meine Reise ihm plausibel erscheinen muss. Er zündet sich eine Zigarette an, stößt den Rauch in meine Richtung aus, dass ich husten muss, aber ich rede weiter. Dass es die Tage im

Herbst waren, sage ich, wenn das Laub im Freibad schon auf der Wasseroberfläche lag und eine orangefarbene Decke bildete. Ich sehe die Bilder ohne Ton vor mir ablaufen, als gebe es einen Superachtfilm, auf dem das alles festgehalten ist, die Bilder leicht verwackelt, die Bewegungen der Darsteller abgehackt, die Farben trüb. Ich sage, dass es die Tage waren, an denen mein Vater mit mir nachmittags, wenn das Wasser noch nicht abgelassen war, über den Zaun kletterte und ich mich an den Beckenrand setzte und sofort Gänsehaut bekam, wenn meine Zehen nur die Wasseroberfläche berührten. Mein Vater tauchte mit einem Sprung ins Becken ein, und sein Körper blieb gestreckt, bis er an der anderen Seite des Beckens wieder auftauchte. Manchmal klebte ein Blatt an seinem Bein, das ich ihm abzog, weil er es selbst nicht bemerkte. Dass es die Tage im Winter waren, sage ich, wenn meine Mutter in der Nachmittagssonne, die durch das Fenster fiel, mit ihrem hohen Dutt und der mit einem Muster bestickten Schürze in der Küche stand und der Ofen bollerte, wenn wir sie nur von hinten sahen, weil sie Teig knetete, in Töpfen am Herd das Risotto cremig rührte oder Kuchen mit Schokoguss dekorierte, wenn sie uns rief und uns kleine Stücke zum Probieren hinstellte und fragte: »Wie schmeckt es euch, was fehlt, ist zuviel Zimt drin?«, und mein Vater sagte: »Es schmeckt hervorragend, ich kann mir nichts Besseres vorstellen«, und er das ganze Stück aß und ich ihm ansah, dass er gerne noch ein zweites Stück hätte, sich aber nicht traute zu fragen. Dass es die Tage im Frühling waren, sage ich, in denen mein Vater zum ersten Mal im neuen Jahr Tennis draußen auf dem Platz statt in der Halle spielen konnte, er mich mitnahm und ich von der Zuschauertribüne aus sah, wie er ein Spiel nach dem anderen gewann, nicht nur die, die er alleine antrat, sondern auch im Doppel und im Mixed. Dass es die Tage im letzten Sommer waren, sage ich, in denen mein Vater die Beete vor dem Schuppen umgrub und sich, im Schatten des Kirschbaumes sitzend, Listen machte, welches Gemüse er anbauen wollte, er mich fragte, welches ich mir wünschte, und ich sagte, ich wolle Tomaten, er aber sagte, für die sei es leider schon zu spät, die hätten wir früher pflanzen oder säen müssen, aber vielleicht könnten wir noch ein paar in der Küche ziehen. Wenn wir sie ans Fenster stellen würden, bekämen sie bestimmt noch genug Licht ab, sodass wir im Frühherbst noch eigene frische Tomaten essen könnten.

BEVOR MEIN VATER IN Frankreich in den Zug oder in den Kombi steigt, um zu uns zurückzufahren, hat er manchmal noch ein paar Stunden Zeit. Er liest in Zeitungen und fragt im Hotel, wo an diesem Tag ein Flohmarkt ist und ob ihn jemand dahin mitnehmen kann, manchmal trampt er auch, das gehe sowieso am schnellsten und einfachsten, sagt er, einfach an einer größeren Straße stadtauswärts den Daumen rausstrecken, immer hält jemand an. Mein Vater ist auf der Suche nach alten Kaffeemühlen, klein und aus Holz, in die man die Bohnen einfüllt, bei denen man an einer Kurbel dreht und das gemahlene Pulver von einer Schublade aufgefangen wird. Er sammelt sie, um sie zu Hause zu säubern, zu wachsen und in das Küchenregal zu stellen, das er nur für die Mühlen an die Wand geschraubt hat. Dazu kauft er Cidre für meine Mutter, flaschenweise transportiert er ihn im Zug oder im Kofferraum, dazu Rezepte für Crêpes, für Fischgerichte und Tartes, die meine Mutter nie ausprobiert. Sie sind auf Französisch geschrieben und sie kann kein Französisch, und sie lässt die Rezepte nicht übersetzen, denn sie bittet nicht gerne jemanden darum, ihr zu helfen. Für mich bringt mein Vater Schokolade mit oder kleine Gegenstände, die meine Mutter Nippes nennt oder Staubfänger, die ich aber sehr gerne auf die Fensterbank in meinem Zimmer stelle und anschaue.

Einmal kommt mein Vater von seiner Geschäftsreise nach Hause und trägt eine Plastiktüte in der Hand. Als er das Haus betritt, riecht es im ganzen Flur sofort nach Fisch. »Seeteufel!«, sagt er, als er den Fisch aus der Plastiktüte holt und ihn aus dem Papier auswickelt, meine Mutter verzieht das Gesicht. Der Fisch hat die Farbe von dunklem Stein, er kann sich bestimmt gut tarnen, denke ich, sein Maul ist so breit, dass er mit seinen spitzen Zähnen sogar meine Hand abbeißen könnte, Urfisch, denke ich, und dass wir so etwas Hässliches doch nicht essen können. Der Fisch sei eine Spezialität, sagt mein Vater. Meine Mutter, die sagt, sie kenne den Fisch, sie möge ihn auch, vor allem wenn man ihn richtig zubereite, aber der sei doch schon schlecht geworden. So übel, wie er rieche, könnten wir ihn nicht mehr essen, da richteten Fett und Hitze nichts mehr aus, wir würden uns alle den Magen verderben. Mit dem Fisch in der Hand verlässt sie die Küche und wirft ihn im Garten in die Mülltonne.

»Welchen Beruf hast du eigentlich?«, frage ich meinen Vater. Er antwortet nicht gleich, sieht meine Mutter an. »Dein Papa ist Geschäftsmann«, sagt sie, »der muss viel verreisen und muss immer gesund sein. Aber du solltest erstmal zusehen, dass du eine gute Schülerin bist.« Mein Vater sagt: »Dann kannst du nämlich alles werden.« Wenn ich groß bin, will ich auch so oft verreisen.

WIR VERGESSEN DIE PFANNE auf dem Herd in der Küche oder wollen sie vergessen, das Essen bleibt unberührt.

Jan steigt die Treppe hinunter und ich folge ihm. Im Flur nimmt er ein Nachthemd von einem Haken und wirft es mir zu. Schwarz, mit schmalen Trägern, ich rieche daran. Ich ziehe mein Kleid aus und das Nachthemd an. Jan zieht es mir über den Kopf sofort wieder aus, dann zieht er sich aus. Er küsst meine Schläfen, mein Schlüsselbein und ich lasse ihn machen, ich warte darauf, dass mein Herz anfängt zu klopfen oder zu rasen, dass ich irgendetwas spüre, das mir sagt: Jetzt ist etwas anders als sonst.

Wir liegen auf einer Matratze ohne Laken, die Jan sein »Bett« nennt und deren hellblaues, ornamentales Muster Beweis dafür ist, dass er die Matratze nicht selbst gekauft haben kann, dass er sie auf dem Sperrmüll gefunden hat oder sie schon seit Ewigkeiten in diesem Haus liegt. Unsere Körper kleben aneinander, und wenn sie sich kurz voneinander lösen, machen sie ein schmatzendes Geräusch.

Der Federkern der Matratze bohrt sich hart in meinen Rücken. Ich denke an Julie und daran, wie sie mir die *Moules Frites* servierte, daran, wie sie die Fische ausnahm, daran, wie sie mit dem Medaillon auf der Brust unter die Dusche stieg. Mit den Fingern fahre ich über den Holzboden, ich finde ein Stöckchen, ich bohre es Jan so fest in die Brust, bis er »hör auf« sagt, sich aufrichtet, dann aufsteht und nach seiner Kamera greift. Ich kann mich nicht wehren, wie jedes Mal, wenn er mich fotografiert. Es blitzt, und ich bin mir nicht sicher, ob es der Fotoapparat ist, der blitzt, oder ob sich ein Gewitter ankündigt. »Nicht lächeln«, sagt er, obwohl er es nicht zu sagen brauchte, ich lächle sowieso nicht. Zuerst halte ich die Hände vor mein Gesicht, wehre mich jedoch schon bald nicht mehr. Jan kommt näher und streicht mir die Haare hinters Ohr, hebt mein Kinn etwas, als wüsste ich nicht, was zu tun sei. Er drückt ab und ich stelle mir das Foto vor, mein verschwommenes Gesicht. Er fotografiert meine nackten Beine auf der Matratze, den abgesplitterten Nagellack auf meinen Fußnägeln, das weiße Laken, das ich mir über den Bauch lege.

Von draußen erklingt erst ein Donnern, dann das zischende Geräusch von schnell und in Fäden fallendem Regen. Jan lässt die Jalousien runter.

Kurz frage ich mich, wie es wäre, jeden Sommer an der Küste zu sein, jeden Sommer wiederzukehren. Die Fenster herunterzukurbeln und loszufahren, vierzehn Stunden ohne Pause, erst an der Bar du Matin zu halten, wortlos *Moules Frites* zu bestellen, in einem Kiosk Wein zu kaufen, eine Kiste oder zwei, dazu Cidre gegen den Durst, die Schlüssel für das Haus mit den seegrünen Fensterläden zu verlieren und bei Jan an der Tür zu klopfen, auf seiner Matratze zu liegen, die ausgestopften Tiere im Flur zu streicheln oder zu bürsten, manchmal zum Meer zu gehen und, obwohl es windet und kalt ist, das Kleid über den Kopf zu ziehen und hineinzurennen, die Gischt erst an den Knien, dann die Wellen an der Brust. Und jeden Sommer würde ein Kasten voll Schmetterlinge frei gelassen werden. Und dann denke ich an die Schmetterlinge, die jetzt vom Regen aufgeweicht im Gras liegen, deren Farbe ausläuft und in der Erde versickert, und Jan sagt »sieh mich an«, und ich sehe ihn an und er drückt ab.

Jans Narbe am Kinn fühlt sich glatt an und weich, ein Streifen ohne Stoppeln. Er liegt auf dem Rücken neben mir, die Arme hinter dem Kopf verschränkt. Durch die Jalousie dringt mattes Licht, und wenn ich mich auf den Regen konzentriere, höre ich sein weiches Prasseln auf den Erdboden.

Woher seine Narbe stamme, frage ich Jan, ob es ein Unfall war und jemand nicht aufgepasst habe. Jan kratzt sich am Kinn und dann hebt er mit der rechten Hand seine Haare im Nacken hoch und beugt sich etwas nach vorne, sodass ich die kahle Stelle sehen kann, drei Quadratzentimeter vielleicht, helle Haut mit feinen Rillen, als würde man mit wenigen Bleistiftstrichen hauchzart gemasertes Holz malen. »Wir waren sechzehn«, sagt er, »wir waren im Jugendzentrum und es gab eine Schlägerei, ich bin da so hineingeraten.« Seine Augen rund und glasig, als würde er durch mich hindurchsehen. »Im Handgemenge ist mir dann auch noch jemand mit dem Messer an mein Kinn gekommen.« Ich fahre mit dem Finger über die Rillen, die sich anfühlen wie von Wasser aufgeweichte Haut.

MEINE MUTTER STEHT mit Mantel und Stiefeln knietief im Schnee und schüttelt den Kirschbaum, an dem mein Vater die Schaukel angebracht hatte. Der Stamm ist so dick, dass meine Mutter ihn kaum bewegt. Weder Frucht noch Blatt, es hängt nichts am Baum, was sie herunterschütteln könnte, außer Schnee. Meine Mutter schreit, laut und mit tiefer Stimme, doch ihr Schreien bildet keine Worte. Die Katze läuft zu ihr, zieht das linke Hinterbein nach. Meine Mutter tritt nach der Katze, aber sie trifft nur ins Leere. Die Katze bleibt sitzen und beobachtet meine Mutter, die sich jetzt mit den Fäusten auf die Knie hämmert. Ich stehe im Wohnzimmer und denke: »Jetzt ist sie verrückt geworden.«

»Die Katze saß unter dem Auto, als ich morgens zur Buchhandlung fahren wollte«, sagt meine Mutter, als sie an mir vorbei über die Terrasse ins Wohnzimmer kommt. Sie hat sich die Schuhe nicht abgeputzt. Auf dem Dielenboden sammeln sich kleine Schneehaufen, die langsam zu auslaufenden Pfützen werden. Ich gehe ihr hinterher und lasse die Tür offen, die Eisluft verdrängt die Wärme und zerschneidet das Zimmer. »Ja, und?«, frage ich und wundere mich. Meine Mutter nimmt die rosa- und silberglänzenden Kugeln vom Weihnachtsbaum, stapelt sie alle neben- und übereinander in einen Schuhkarton, eine Kugel geht knirschend zu Bruch, und sie schimpft laut darüber. Sie sammelt die rosafarbenen Scherben in ihrer Hand und scheucht die Katze weg, die uns nachgelaufen ist. Sie sitzt unter dem Weihnachtsbaum und spielt mit den herabgefallenen Tannennadeln, knabbert an ihnen. »Ich habe das Fenster heruntergekurbelt und gerufen, aber die Katze ist einfach nicht verschwunden. Dann bin ich ausgestiegen und habe mich unter das Auto gebeugt und versucht, sie mit der Hand wegzustoßen, aber sie wollte nicht.« Es dauert eine Weile, bis ich verstehe, was meine Mutter mir sagen will. Ich schaue erst sie an, dann die Katze, die durch die Tür auf die Terrasse geht und das Bein hinter sich herzieht.

JAN SCHLÄFT NOCH. ICH überlege kurz, dann stecke ich seine Kamera in meinen Jutebeutel.

Ich gehe in das Dorf, komme an der Bar du Matin vorbei. Vor den Cafés am Marktplatz sitzen Leute, sie trinken Espresso und Café au lait, die Münder krümelig von Croissants. Zwei Jungs kommen mir entgegen, der eine hat eine Papiertüte in der Hand, isst daraus Popcorn. Er kaut langsam, ich schaue ihm zu, bis er meinen Blick bemerkt. Der Junge streckt mir die Tüte entgegen, »willst du auch Popcorn?« Er spricht deutsch, spricht er deutsch? Ich schüttle den Kopf, lächle ein wenig. Der andere kramt in seiner Jackentasche, holt eine Tüte Pistazien raus, streckt sie mir entgegen, »lieber Pistazien?« Ich sage »nein danke« und drehe mich um.

»Fotoentwicklung nur zwei Stunden« steht auf einem Schild im Fenster der Drogerie. Ich nehme den Film aus Jans Kamera. Als ich den Laden betrete, läuten die Glöckchen über der Tür. Den Film gebe ich am Tresen ab, der Verkäufer trägt eine rote Schirmmütze und blickt kaum auf, als er routiniert meinen Namen auf einem Stück Pappe notiert. In zwei Stunden könne ich wiederkommen, sagt er.

Der Stapel Fotos ist nicht billig. Ich stecke ihn in die Tasche und gehe zurück zur Bar du Matin, setze mich in die Sonne. Ich kenne die Bedienung nicht. Ich bestelle einen Cidre, verspäteter Kontercidre, denke ich, und dass es vielleicht besser gewesen wäre, wenn Jan und ich doch zusammen gegessen hätten. Ich blättere die Fotos durch. Das Haus mit den altrosa Fensterläden, der Transporter, Julie hinter dem Tresen, eine tote Amsel auf der Straße, die verschwommenen Gesichter von Jan und Julie, die Schultern nackt, im Hintergrund eine Wiese. Das gleiche Bild nochmal, und Julies Zunge, die über Jans Wange fährt. Ich blättere schneller, Julie von hinten, nackt, nur mit einer Unterhose bekleidet, die langen, hellbraunen Haare fallen über ihren Rücken. Camille und Julie am Tresen der Bar du Matin, rauchend. Julie lachend vor blauem Himmel. Ein nackter Oberkörper, schwarze Haare auf der Brust, wie Jan sie hat. Das Kennzeichen meines Autos. Jan in Badeshorts am Meer, es ist Flut. Ich im Garten neben Julie stehend, sie ist voller Silberschuppen und Fischblut. Das tote Rotkehlchen im Gras. Dann ich auf der Treppe des Leuchtturms. Der Scherbenhaufen. Ich, schlafend im Wohnzimmer auf dem Boden. Julie und ich auf dem Boot, hinter uns das Meer. Julie und ich, tanzend, sie im roten Kleid, die Beine braun gebrannt, die Haare offen, und ich in kurzen Hosen. Ich, nackt auf der Matratze, das Laken auf meinem Bauch.

MEIN VATER KOMMT NICHT mehr nach Hause. Meine Mutter hat es schon viele Male gesagt. Sie hat es gesagt, als sie in der Schule angerufen hat, als sie bei der Pension nach zwei Zimmern gefragt und gesagt bekommen hat, dass es nur noch eines mit Doppelbett gäbe, sie hat es gesagt, als Lenas Eltern angerufen und gefragt haben, ob sie helfen könnten. Sie hat es laut gesagt, sie hat es leise gemurmelt. Sie hat Sachen aus dem Schlafzimmerfenster geschrien, die ich nicht verstand, weil ich mir die Ohren zuhielt.

Ich stehe im Garten und sehe die herabgefallenen fauligen Kirschen im Gras, wir hätten sie schon vor Wochen ernten müssen. Ich schaue auf die abgeernteten Felder, die hinter unserem Haus beginnen, golddreckige Stoppeln stecken noch in der Erde. Ich sage mir im Kopf »Herbst« vor, »Herbst, Herbst, Herbst.« Ich sehe, wie eine Taube auf der Terrasse landet, ich höre meine Mutter im Haus herumräumen, manchmal fällt etwas auf den Boden. Ich höre das Blut in meinen Ohren rauschen. Ich höre meinen Vater, wie er »Gute Nacht, Juno« sagt.

Überall im Haus sind seine Sachen. Im Bad über dem Wannenrand hängen seine Hosen, auf dem Bügelbrett im Wohnzimmer liegen die frisch gewaschenen Hemden, im Regal sind seine Bücher, in der Küche steht seine Tasse auf dem Tisch, darin noch ein Schluck Tee, im Flur schaut der kurze Griff meines Tennisschlägers aus seiner Sporttasche heraus, ich drücke ihn mit der Hand tiefer in die Tasche.

ICH TRINKE DEN CIDRE AUS und verstaue die Fotos im Jutebeutel. Ich fahre zum Haus zurück. Jan räumt den Transporter aus. Dünne Styroporplatten, Karton und weitere Hausmodelle trägt er in seinen Garten und stapelt alles unter dem Apfelbaum aufeinander. Julie sitzt mit nassen Haaren auf der Mauer vor dem Haus und blättert in einem Buch. »Wir machen einen Ausflug«, sagt Jan, »das habe ich Julie zum Geburtstag geschenkt.«

Ich setze mich in die Fahrerkabine und warte, die Tasche mit den Fotos auf dem Schoß. »Es geht los«, ruft Jan. Seine Finger trommeln auf der Armatur einen Rhythmus. Durch das Fenster beobachten wir Julie. Sie geht ins Haus, und kommt Minuten später mit geföhnten Haaren und einem Joghurt in der Hand zurück, den sie löffelt. Als sie zu uns einsteigt, sagt sie: »So, wir können.«

Jetzt sitzen wir Knie an Knie im Transporter. Julie ist am Lenkrad. Straßenschildern schenken wir keine Beachtung, wir warten darauf, dass Jan Anweisungen gibt, »jetzt links abbiegen«, oder »fünf Minuten geradeaus.« Wir verlassen Coulard mit seinen Souvenirshops Richtung Landstraße, zum ersten Mal fallen mir die herrschaftlichen Hotelvillen auf, die auf der abfallenden Küste stehen. Bei der ersten Möglichkeit biegen wir links ab, lassen das Meer hinter uns. Wir kommen gut voran, denn die Leute fahren zum Meer, nicht vom Meer weg, so wie wir. Jan dreht den Lautstärkeregler des Radios etwas höher, ein französisches Chanson. Julie dreht den Regler wieder runter. Das Medaillon schlägt gegen ihre Brust, wenn der Transporter über ein Schlagloch fährt. »Welcher Tag ist heute?«, frage ich. »Sonntag«, sagt Jan, »oder Samstag«, sagt Julie, »was hat das für eine Bedeutung?«

WIR STEHEN AUF DEM Friedhof neben der Trauerhalle, das erste, feuchte Laub bleibt an unseren Schuhsohlen kleben. Immer mehr Gäste strömen auf den kleinen Platz vor der Halle, ich wusste nicht, dass wir so viele Menschen kennen. Nur einige Gesichter kommen mir bekannt vor, sie waren auch auf der Geburtstagsparty, sie haben in unserem Garten Häppchen gegessen und Prosecco getrunken. Der Himmel drückt sein Grau zu uns herunter. Immer wieder spannen die Leute ihre Schirme auf, weil ein kurzer Schauer kommt. Auch Lenas Eltern sind da, aber Lena ist nicht dabei, nur Erwachsene stehen in schwarzen Herbstmänteln und kleinen Gruppen vor der Trauerhalle. Meine Mutter trägt einen kleinen schwarzen Hut, mit dem sie elegant und wie aus einer anderen Zeit aussieht. Ich habe nichts Schwarzes angezogen. Meine Mutter hat gesagt, ich müsse nicht Trauer tragen. Mein Wollpullover leuchtet orangefarben, er ist mir etwas zu groß, die Ärmel verdecken meine Hände, darüber trage ich eine Daunenweste. Immer wieder kommt jemand zu meiner Mutter, drückt ihr die Hand oder umarmt sie. Manchmal bekommt sie Briefumschläge, die sie in ihre Handtasche steckt.

Die Türen zur Halle sind weit geöffnet. Gleich ist es elf Uhr und um elf beginnt die Trauerfeier. Ich wundere mich darüber, dass die Veranstaltung im Namen das Wort Feier trägt, weil es ja gar nichts zu feiern gibt. Meine Mutter hat dem Pfarrer eine CD gegeben. Eine Sinfonie von Dvořák erklingt so laut, als wolle sie uns erschlagen und uns von der Trauer ablenken. Meine Mutter und ich nehmen in der ersten Reihe Platz, sie drückt meine Hand. Nach und nach füllt sich die Halle, die Letzten müssen hinten stehen bleiben.

Zu Hause legt meine Mutter die Briefumschläge auf den Küchentisch. Ich öffne ein paar, lese die immergleichen Sätze, lese »Hoffnung für Euch«, lese »Herzliches Beileid«, lese »Wir trauern mit Euch«. Als ich den Briefumschlag von Lenas Eltern öffne und die Karte heraushole, lese ich »Schickt Frank ganz viel Liebe hinterher.« Ich zerknülle erst den Briefumschlag, dann zerreiße ich die Karte in viele kleine Stücke, die ich raus auf die Fensterbank lege. Ich schließe das Fenster wieder und schaue zu, wie der Wind die Papierschnipsel mitnimmt, mit ihnen kleine Saltos schlägt und sie im Garten verteilt.

WIR HALTEN AN EINER Tankstelle. Julie stellt den Motor ab und sagt, sie habe Durst, sie brauche jetzt eine Fanta, und Jan stimmt ihr zu, nickt, ja, er brauche einen Kaffee, und überhaupt, wenn man mit dem Auto wegfahre, brauche man Proviant und er wolle jetzt nicht nur Kaffee, er wolle etwas zu essen. Ich will nichts, obwohl ich mich nicht daran erinnern kann, wann ich das letzte Mal etwas Richtiges gegessen habe. Ich rutsche trotzdem vom Sitz, höre das quietschende Geräusch des Leders.

Unter dem grellen Licht auf der Toilette sehe ich mich das erste Mal seit Langem wieder im Spiegel an. Die Träger des Shirts sitzen locker auf meinem Oberkörper, an den Schultern schuppt sich die verbrannte Haut. Ich beuge mich unter den Hahn und spritze mir etwas Wasser ins Gesicht. Obwohl es hier nie richtig heiß ist, schwitze ich. Ich lasse etwas Wasser in den Ausschnitt auf meinen Oberkörper laufen.

Als ich wieder hinaustrete, suche ich den Transporter. Sie sind ohne mich weitergefahren, denke ich kurz, aber dann sehe ich sie, sie sind von der Zapfsäule an den Rand des Parkplatzes gefahren und lehnen mit dem Rücken am Transporter, sie halten ihre Gesichter in die Sonne, die Augen geschlossen.

»Hört der Engel helle Lieder klingen das weite Feld entlang, und die Berge hallen wider von des Himmels Lobgesang«, Julie hat eine Kassette in den Player geschoben, eine Mädchenstimme singt das Lied, bricht ab und lacht, fängt wieder von vorne an. Im Hintergrund ist die Stimme einer Frau zu hören, die erst spricht und dann in das Lied einstimmt. Julie gibt Gas, überholt einen VW-Bus, ordnet sich ein. Ich kenne das Lied, und ich kenne die Stimme der Frau, ich wundere mich. Ich frage Jan und Julie, ob sie das Lied auch kennen. Jan nickt, Julie reagiert nicht, und ich sehe mich, wie ich vor meinem neuen Kassettenrekorder sitze, ich habe ihn zu Weihnachten bekommen und weiß noch nicht, wie ich ihn bedienen soll. Ich habe eine Kassette eingelegt und drücke wahllos Knöpfe. Als die Kassette nicht anfängt zu spielen, singe ich selbst. »Ich brauche das gar nicht«, sage ich zu meiner Mutter, »ich kann auch Musik machen«, und sie ruft, dass sie mir gleich erkläre, wie man den Kassettenrekorder bedient.

Julie drückt die Kassette aus dem Player. »Sie lag unten im Keller«, sagt sie, tritt fest aufs Gas und kurbelt das Fenster herunter, eine Bewegung und die Kassette ist weg.

MANCHMAL WACHE ICH MITTEN in der Nacht auf, weil meine Mutter im Haus umhergeht und Möbel verrückt. Ich liege mit offenen Augen im Bett und warte darauf, dass die Geräusche aufhören, aber sie hören nicht auf. Ich schaue an die Decke und zähle bis hundert, bis tausend, bis tausendfünfhundert, irgendwann schlafe ich ein. Am nächsten Morgen steht der Küchentisch unter dem Fenster statt in der Mitte des Raumes. Von den Stühlen fehlen zwei. Im Wohnzimmer steht der Flokati zusammengerollt in der Ecke, an der Stelle, wo er vorher lag, glänzt der Dielenboden etwas heller.

Lenas Vater steht vor der Tür. Meine Mutter habe ihn angerufen und eingeladen, sagt er, sie wolle ihn etwas fragen. Meine Mutter kommt die Treppe herunter und sagt, er solle mitkommen, oben seien die Sachen, die sie ihm zeigen wolle. Ich gehe hinter ihnen die Treppe hoch.

Im Schlafzimmer stehen große Säcke gefüllt mit Handtüchern und Vaters Kleidern, die sollen zur Altkleidersammlung oder nach Afrika, wie meine Mutter sagt, wenigstens noch karitative Zwecke erfüllen. Dann öffnet sie die rechte Schranktür. Sie zieht zwei Kleiderbügel mit Anzügen heraus und hält sie Lenas Vater vor die Brust. »Die passen doch«, sagt sie, »nimm sie bitte mit. Oder, Juno, ist doch besser, wenn die Sachen deines Vaters noch getragen werden«, sie sagt es, ohne eine Frage daraus zu machen. Lenas Vater hält den Bügel fest. Er überlegt, was er antworten soll. Meine Mutter räumt weiter den Schrank aus. Vaters gute Hemden, die er zum Arbeiten trug, die Schuhkartons, die unten im Schrank stehen und in denen guten Schuhe aufbewahrt sind, meine Mutter polierte sie immer, bevor er sie zurück in den Karton legte. Sie stellt die Kartons aufeinander. »Ich hole dir eine Tüte«, sagt sie und geht an mir vorbei aus dem Zimmer.

Lenas Vater setzt sich aufs Bett. »Ich dachte, ich solle euch etwas helfen«, sagt er zu mir. »Nimmst du die Sachen jetzt mit?«, frage ich. Ich will nicht, dass Vaters Kleidung weiter getragen werden soll, von einem anderen Mann, an anderen Orten, dass andere Leute am Stoff riechen, Leute, die ich nicht kenne.

Mutter kommt mit einem Lederkoffer und stopft die Kleider mit beiden Händen hinein, als habe sie Angst, dass sie jemand daran hindere, sie einzupacken und wegzugeben, wenn sie sie nicht schnell genug verstaut.

Die Gürtel wirft meine Mutter weg. Sie wirft nicht nur die Ledergürtel meines Vaters in die große Tonne neben unserem Tor, sondern auch ihre dünnen, feinen und meine Gürtel, die glitzernden und die neonfarbenen, die mit den Blümchen und die ganz einfachen, sie alle landen neben den Essensresten im Müll.

Die Tür zum Arbeitszimmer ist abgeschlossen. Als ich meine Mutter frage, wo der Schlüssel ist, sagt sie, sie wisse es nicht, sie habe ihn gerade verlegt.

Langsam sehe ich, was im Haus alles fehlt. Das Bücherregal ist halb leer, nur eine dünne Staubschicht auf der hinteren Hälfte der Regalbretter zeugt davon, dass dort mal etwas stand. In der Küche fehlt die Sammlung von Vaters kleinen Kaffeemühlen. Im Schrank fehlen die Tassen, aus denen er seinen Tee trank. Im Flur fehlt die Sporttasche für die Tennishalle, im Schuhregal stehen nur noch Mutters Schuhe neben meinen.

Ich rüttle noch einmal an der Klinke und versuche, durch das Schlüsselloch etwas im Arbeitszimmer zu erkennen, aber ich sehe nur den alten Schreibtisch und den Stuhl. Nach rechts und links kann ich nicht sehen.

PLÖTZLICH IST ALLES EIN RAUSCHEN. Julie tritt auf die Bremse, unsere Oberkörper werden ein Stück nach vorne geschleudert, die Sicherheitsgurte schneiden sich in unsere Schultern. Plötzlich läuft das Radio, eine aufgekratzte Wetterstimme kündigt Nebel an

»Spinnst du«, sagt Jan, Julie antwortet nicht. Jan springt raus und läuft um das Auto. Warndreieck, denke ich, Warnblinker. Wir sind mitten auf einer Landstraße, ich überlege, ob es nicht sicherer ist, im Transporter zu bleiben, aber dann steige ich auch aus. Wir sind von der Fahrbahn abgekommen und Julie hat den Transporter gegen die Leitplanke gefahren, die jetzt stark ausgebeult ist. Ich will den Notruf auslösen oder den Verkehrsdienst anrufen, ich schalte mein Handy ein. Ich frage Julie nach der Nummer eines Abschleppdienstes oder der Polizei, sie antwortet nicht. Ich frage Jan nach der Nummer. Er sagt nichts, fasst sich an den Kopf und reibt sich die Schläfe. Wir hören, wie Julie versucht, den Motor zu starten, doch das Auto röchelt nur. Immer wieder versucht sie es und langsam werde ich wütend. Ich spüre, wie ich mich beherrschen muss. Kurz überlege ich, mich als Anhalterin mitnehmen zu lassen, einfach in das nächstbeste Auto einzusteigen und wegzufahren. Mein Ellenbogen brennt, ich habe Durst. Jan hat sich hinter die Leitplanke gestellt und hält sich immer noch den Kopf. Er läuft hin und her, als überlege er, was zu tun ist. Ich lehne mich noch einmal ins Auto und sage zu Julie, sie solle jetzt endlich aufhören damit, zu versuchen, den Motor zu starten. Julie schaut mich an, als habe sie in diesem Moment alles Deutsch verlernt. Ich hole das Warndreieck unter dem Beifahrersitz hervor, gehe einige Meter die Straße zurück und stelle es auf.

Ein Auto hält direkt hinter dem Transporter, es ist Camille. *»Salut«,* sagt sie und dann, ohne eine Antwort abzuwarten, sagt sie, wir sollen einsteigen und den Transporter einfach hier stehen lassen.

MIT SCHNELLEN GRIFFEN HOLT meine Mutter Taschen aus dem Wandschrank im Flur, sie zieht sie einfach an den Trageriemen heraus und lässt sie auf den Boden fallen. »Pack Sachen«, sagt sie, »was du so brauchst.« Ich ziehe die Tasche hinter mir die Treppe hinauf. Ich weiß nicht, was das heißt: was ich so brauche. Ich werfe Kleider, Strumpfhosen, T-Shirts in die Tasche. Dann laufe ich die Treppen wieder herunter. Im Wohnzimmer nehme ich das Foto im Goldrahmen vom Sideboard, auf dem meine Eltern so jung aussehen. Auch jetzt ist meine Mutter noch keine alte Frau und trotzdem schon Witwe und ich bin gerade auf das Gymnasium gekommen und schon Halbwaise, das Wort habe ich neu gelernt.

Ich schiebe den Bilderrahmen unter mein T-Shirt, drücke ihn an meinen Bauch und gehe die Stufen wieder hinauf in mein Zimmer. Ich lege den Rahmen ganz nach unten in meine Tasche, ziehe den Reißverschluss zu und setze mich auf mein Bett. Ich warte. Manchmal höre ich es unten im Haus scheppern, dann höre ich eine Tür knallen, meine Mutter ist sehr laut. Irgendwann höre ich gar nichts mehr.

Ich träume. Ich bin in einem schwarzen Raum, die Dunkelheit nimmt mich auf. Ich sehe nichts, ich krabble ein Stück auf allen vieren, bis ich sehe, dass vor mir ein Schacht liegt. Mit dem Kopf zuerst lasse ich mich hineinfallen, ich falle und falle.

Mit klopfendem Herzen wache ich auf und bin sofort hellwach, langsam gewöhnen sich meine Augen an die Dunkelheit. Meine Mutter hat mich vergessen, hat ihre Tasche genommen und die Tür leise ins Schloss fallen lassen. Der Taxifahrer hat gefragt, ob sie auch alles habe, und meine Mutter hat genickt, auf die Tasche gezeigt und gesagt, »mehr brauche ich nicht.«

Schnell laufe ich die Treppen hinunter, rutsche fast auf dem glatten Boden aus, kann mich gerade noch am Geländer festhalten. Noch von den Stufen aus sehe ich meine Mutter vor der Kellertür stehen. Sie hat die Klinke in der Hand und schaut hinab in die Dunkelheit, als erwarte sie, dass jemand hochkommt. Meine Mutter dreht sich nicht um, obwohl das Holz unter mir ächzt und quietscht. Ich umarme sie von hinten und drücke meine Wange an ihren Rücken.

CAMILLE FÄHRT UNS MIT ihrem klapprigen Auto zurück nach Coulard zur Ambulanz. Wir sollen uns durchchecken lassen, sagt sie, Aufprall, Gehirnerschütterung, man dürfe damit nicht spaßen, sie klingt fast wie eine Mutter. Wir sollen doch mal auf einen Aperitif in der Bar vorbeikommen, sagt sie zum Abschied.

Vor der Ambulanz hängt ein Poster, darauf bunte Luftballons, Zuckerwatte und in Blockschrift *»FÊTE D'ÉTÉ«*, ein Sommerfest, das diese Woche hier an der Strandpromenade stattfindet. Schon auf der Landstraße habe ich das Plakat immer wieder gesehen, an Bäumen befestigt, an Laternenpfähle und Stromkästen geklebt.

Zuerst war Julie stumm, aber jetzt hört sie gar nicht mehr auf zu reden, sie monologisiert, ohne dass das Gesagte irgendwo hinführe. »Wo ist mein Medaillon?«, sagt sie, greift sich an den Hals und spürt, dass es immer noch da ist. »Wir müssen das Haus renovieren, wir müssen die Fensterläden in Seegrün streichen, ich habe nur die erste Schicht angebracht, noch ist es nicht wetterfest«, sagt sie, dann summt sie die Melodie von ›Hört der Engel helle Lieder‹ und kichert. Jan nimmt sie an die Hand.

Wir treten in die Ambulanz, ein von Neonlicht dominierter Raum, der unsere Haut fahl und ungesund aussehen lässt. Männer in weißen Kitteln, die uns keine Beachtung schenken, eine Frau mit Brille und blonder Dauerwelle, die an einem Tisch hinter einer Glaswand sitzt und uns streng anschaut. Unsere Versicherungskarten wolle sie sehen, sagt sie, sonst könne sie uns nicht aufnehmen. Jan sucht in seiner Hosentasche und findet nichts, dabei lässt er Julies Hand nicht los. Julie hat keine Tasche dabei und ich habe im Jutebeutel nichts außer der Bilder, wir haben keine Ausweise, keine Karten, nichts. »Wir müssen das Haus renovieren, Juno«, sagt sie und lässt Jans Hand los, »wir müssen es schön machen.« In ihrem Kleid, mit ihren großen Augen und ihren ständigen Wiederholungen wirkt Julie, als wolle sie eine Hand zum Festhalten, beruhigende Worte, Aufmerksamkeit. Ich sage, dass ich keine Lust habe, mit der Frau zu diskutieren, dass ich keine Versicherungskarte dabei habe und dass ich mich sowieso gut fühle.

DIE GROSSE HITZE KOMMT in Schüben, in unserem Garten verbrennt das Gras. Ich gehe barfuß, das Gras kitzelt an meinen Füßen. Im Schuppen schultere ich Spaten und Rechen, dann hole ich von der Terrasse die Setzlinge, die Mutter gekauft hat. Bevor die Geburtstagsüberraschung für meinen Vater anfängt, soll im Garten alles schön sein, also arbeite ich an den Beeten, die noch nicht fertig sind. Durch das Fenster sehe ich meinen Vater im Arbeitszimmer im ersten Stock sitzen, das Fenster ist geöffnet, ich stelle mir vor, dass er Musik hört und in eine andere Welt vertieft ist.

Als ich ins Haus zurückkomme, die Knie gerötet und dreckig von der Erde, ist es still. Nur aus der Küche höre ich das Geklapper von Geschirr, meine Mutter steht am Spülbecken und wäscht die Töpfe. Die Ärmel ihres Kleides sind bis über die Schultern hochgezogen, ihr Gesicht ist erhitzt, ein paar Haare stehen wie elektrisch aufgeladen vom Kopf ab. Immer wenn das Licht auf den silbernen Topfreiniger trifft, blitzt es durch den Raum. Ob sie heute gar nicht arbeiten gehe, frage ich meine Mutter und beginne, den Pflanzen auf der Fensterbank die verdorrten Blätter abzureißen, befühle die ausgetrocknete Erde im Topf und halte meiner Mutter die Gießkanne hin. Sie dreht den Wasserhahn auf. »Das geht nicht, das weißt du doch, es gibt noch so viel für heute Abend zu tun«, antwortet sie. An ihren Händen kleben Schaumberge, ich puste sie weg, wie Watte segeln sie durch die Luft und setzen sich auf die Wandfliesen. Ich gieße die Blumen auf der Fensterbank, gehe wieder hinaus in die Sonne, zu meinem Beet, als ich durch die Fenster ins Arbeitszimmer blicke, ist es leer.

Später am Tag steht meine Mutter inmitten von kleinen, runden Lampions im Wohnzimmer am Tisch, ihre Hände wandern von einem Stapel Kerzen zu den weißen Papierformen. Sorgfältig steckt sie die Kerzen in die Halterungen der Lampions. In meiner Phantasie gehen die Lampions in Flammen auf, einer nach dem anderen. »Juno, komm her«, ruft sie. Sie schlingt den Arm um meine Schulter. »Heute soll gefeiert werden.«

Bevor die Dämmerung einsetzt, hängen wir die Lampions an den Kirschbaum, den Rest verteile ich in der Hecke. Wenn ich die Augen schnell öffne und wieder schließe, ist es, als sehe ich Glühwürmchen vor mir.

Ich frage mich, ob wir auf der Einladung die falsche Uhrzeit angegeben haben, es ist noch zu früh und zwei Männer betreten den Garten, ich kneife die Augen zusammen. Ich erkenne sie nicht. »Wir haben gerade schon an der Haustür geklingelt, aber es hat niemand aufgemacht«, rufen sie mir zu. Ich komme näher und sehe ihre grünen Uniformen. Als ich die Treppe zur Terrasse hinauflaufe, rutsche ich fast aus. »Sind deine Eltern zu Hause? Euer Auto wurde gefunden«, rufen sie mir hinterher. Die Terrassentür fliegt auf und knallt gegen die Hauswand. Meine Mutter kommt in den Garten.

Das Auto steht festgezurrt auf der Ladefläche eines Lkws. Wir spiegeln uns im Lack unseres Kombis. Ich gehe um den Lkw herum, die Stoßstange des Autos ist in der Mitte eingebeult, als sei meine Mutter irgendwo gegengefahren. Überall auf dem Auto verteilt Vogeldreck und grüne, zermatschte Insekten. Ich klettere auf die Ladefläche und öffne die Autotür. Der Schlüssel steckt.

»Sie stören, merken Sie das nicht? Heute Abend feiern wir den Geburtstag meines Mannes«, sagt meine Mutter zu den Polizisten und weist mit der rechten Hand auf die Lampions, die wir im Garten aufgehängt haben. Die Polizisten nicken und geben sich Zeichen. »Kommen Sie nächste Woche zu uns aufs Präsidium«, sagen sie, »die Einladung folgt per Post«. Dann laden sie das Auto hinter dem Tor ab.

Jetzt steht das Auto auf dem Schotterweg vor unserem Haus, als würde es schon ewig dort stehen. Der Regen muss es sauber waschen, Fingerhut und Sonnenblumen sollen ihm durch die Sitze, durch das Dach, durch die Fenster wachsen.

Zum ersten Mal schminke ich mich heute mit dem roten Lippenstift meiner Mutter. Zur Feier des Tages trage ich ein schmales, karamellfarbenes Kleid, meine Mutter hat es mir gekauft, es passe so gut zu meinen Haaren, hat sie gesagt. Ich sehe erwachsen aus. Im Schlafzimmer meiner Eltern versuche ich, mich mit meiner neuen Kamera im Spiegel zu fotografieren, ohne Blitz. Das Bild verwackelt. Ich gehe die Treppen hinunter, durch das Wohnzimmer auf die Terrasse. Ich stelle die Kamera auf den Stuhl, stehe aufrecht vor der Hortensie, die Arme eng am Körper, der Selbstauslöser blitzt.

Meine Mutter sagt, dass der Baum einfach im Weg war, in der Hand hat sie Vaters frisch gebügeltes Hemd, das sie auf die kleine Kommode im Flur legt. Sie habe nur zum Weiher am anderen Ende der Stadt fahren wollen. »Und dann ist das Auto nicht mehr angesprungen und ich habe es einfach stehen lassen«, sagt sie und stellt eine Flasche alkoholfreies Bier neben das Hemd auf die Kommode.

Meine Mutter hat Freunde eingeladen, sie alle kommen und strömen in unseren Garten. Sie stehen in Grüppchen unter den Lampions, bedienen sich an den Häppchen, die meine Mutter auf silberne Platten gestapelt hat, essen die Sahnetorte, die sie mit Aprikosenhälften belegt hat, trinken die Rhabarberschorle und den Prosecco mit selbst gemachtem Holunderblütensirup. Meine Mutter hat die Boxen der Stereoanlage aus den Fenstern zur Terrasse rausgestellt, leise läuft Musik.

Wir warten auf meinen Vater, wir alle warten auf ihn. Meine Mutter zieht sich die Strickjacke enger um die Schultern. Mit schnellem, festem Schritt geht sie die Stufen zur Terrasse hinauf und verschwindet im Haus, kommt nach ein paar Minuten wieder zurück.

Die Freunde meiner Eltern sind hochgewachsen, schlank und ordentlich frisiert, Lachwellen bewegen sich durch den Garten. Ich gieße Rhabarberschorle in ein Glas, es sprudelt bis an meine Wange.

Mein Vater sitzt in meinem Zimmer auf dem Schreibtischstuhl, er dreht sich nach links und nach rechts. Als er mich im Türrahmen sieht, steht er auf. Ich halte ihm die Rhabarberschorle hin, »probier mal«, sage ich. Er nimmt mir das Glas aus der Hand und stellt es auf meinem Schreibtisch ab. Er greift meinen Kopf, küsst mich auf die Stirn. »Gute Nacht, Juno«, sagt er, »schlaf gut.« Er geht ins Schlafzimmer und ich kann hören, wie er mit einem Ruck erst die Fenster und dann die Zimmertür schließt.

ICH STILLE MEINEN HUNGER in einer Bäckerei mit Milchkaffee und zwei Croissants, nehme noch eine Brioche mit, eingeschlagen in dünnes Papier. Statt auf direktem Wege zum Haus zu gehen, schlendere ich am Meer entlang. Ich kann noch nicht zurück zum Haus und noch nicht zurück in den Garten, zu Julie, zu Jan.

Am Strand bauen Männer in Latzhosen die Stände und Tische für das Sommerfest auf. Sie stellen die Maschine an, in der sie Nüsse karamellisieren, und lassen ein paar Portionen zur Probe durchlaufen. Sie schenken mir eine Handvoll gebrannter Mandeln, die ein wenig salzig und nach der Meeresluft schmecken, die uns umgibt. Sie testen die bunten Lichterketten, die die kleinen Verkaufsbuden schmücken und die merkwürdig schnell blinken, sie testen die Lautsprecherdurchsage. »Lassen Sie es sich schmecken, Madame«, rufen sie mir nach. Ich ziehe die Schuhe aus und gehe zum Wasser, freue mich über die Flut. Ich spüre den Stapel Fotos und die Kamera im Jutebeutel, der mir an den Rücken schlägt. Ich ziehe mein Kleid über den Kopf, werfe es mit dem Jutebeutel und den Sandalen in den Sand, etwas weiter oben am Strand, damit die Flut meine Sachen nicht zufällig mit ins Meer reißt. Ich laufe ins Meer, die Wellen erst an meinen Waden, dann an meinen Schenkeln. Ich werfe mich hinein und kraule, bis ich kaum mehr Kraft habe und zurückmuss.

DAS FENSTER IST OFFEN, manchmal bläst ein Windstoß meine weißen Vorhänge so auf, dass sie wie Wolken aussehen. Ich höre Mutters Lachen aus dem Garten, nicht wie sonst weich und mit tiefer Stimme, sondern schrill. Die Schatten der Geburtstagsgäste wandern durch mein Zimmer.

AM APFELBAUM HÄNGT EINE Schaukel. Jan schubst Julie an, Julie im malvenfarbenen Kleid fliegt jedes Mal noch ein Stückchen höher. »Die haben wir im Keller gefunden«, ruft Julie mir zu und lacht.

Als ich vor der Schaukel stehen bleibe, hört Jan auf, Julie anzustoßen. Wir stehen uns gegenüber und schauen uns ein paar Sekunden lang einfach nur an, ohne etwas zu sagen. Ich hole die Fotos aus der Tasche. Dass ich Jans Fotos aus der Kamera habe entwickeln lassen, sage ich und muss mich nicht anstrengen, kühl zu wirken, ich bin kühl. Jan kommt auf mich zu, verlangt nach der Kamera und nimmt mir dann auch die Fotos aus der Hand, blättert sie wie in Zeitlupe durch. Das Abendlicht spiegelt sich auf der glänzenden Oberfläche der Bilder. Jan blickt sich hilfesuchend um, bis Julie von der Schaukel aufsteht und sich neben uns stellt. Julie, die Jan die Fotos aus der Hand nimmt, die »Ja, und?« fragt, »was ist nun?« »Ihr wart ein Paar«, sage ich, »das hättet ihr mir ja auch mal erzählen können.« »Man muss nicht immer alles erzählen«, sagt Julie, »und außerdem waren wir nie ein Paar.« Jan sagt nichts.

Jan kommt ins Haus und setzt sich neben mich. Ich streiche über seine Narbe am Kinn, über seinen Nacken, denke an die Schlägerei in einem Jugendzentrum. Das Stück fehlende Haut, die vernarbten Quadratzentimeter, sagt er, es sei ein Feuerwerkskörper an Silvester gewesen. Sie seien mit vielen anderen an einer Brücke gestanden, wo sie das neue Jahr mit Raketen und krachenden Geschossen feierten, mit Goldfontänen und Chinaböllern, doch irgendjemand hatte nicht darauf geachtet, wohin sein Geschoss flog, und so habe sich ein surrender Schmetterling in seinem Schal verfangen und klebte in seinem Nacken fest. Noch in der gleichen Nacht schnitt ihm ein Arzt im Krankenhaus den Schmetterling wieder aus dem Nacken. Fünf Tage musste er dort bleiben, Oberschenkelhaut wurde ihm an den Hinterkopf transplantiert.

Ich wache mit klopfendem Herzen auf, es ist mitten in der Nacht, der Mond scheint quer durch das Zimmer und über mein Gesicht, dass er mich fast blendet. Ich habe schlecht geträumt. Ich höre leise das Transistorradio rauschen, als mache der Sender eine Pause, als müsse auch er schlafen, sich eine Auszeit nehmen. Ich will nicht gleich wieder einschlafen, will nicht dort weiterträumen, wo ich aufgeschreckt bin. Kurz setze ich mich an den Rand der Matratze, spüre, wie mein Kreislauf langsam in Schwung kommt. Vor dem Fenster steht Nebel, nur der Mond leuchtet hell durch das Weiß. Ich stehe auf und öffne die Tür, trete vor das Haus, sehe kaum die Hand vor meinen Augen. Ich gehe am Apfelbaum vorbei, bleibe auf dem Weg am Strommast stehen. Jans Transporter steht vor dem Haus, jemand muss ihn abgeschleppt haben, nichts erinnert an den Unfall. Für einen Moment verlieren sich meine Gedanken.

WIR LASSEN DIE KATZE am Schuppen zurück. Sie wird sich schon zurechtfinden, sagt meine Mutter, das habe sie doch früher auch schon gekonnt. Zum Abschied kraule ich die Katze lange und stelle ihr eine Schale mit Futter auf die Terrasse, das sie sofort auffrisst.

In den Zimmern der Pension bedeckt Blümchentapete die Wände, die sich wie Stoff anfühlt. Wir stellen unsere Taschen ab, ich lasse mich rückwärts aufs Bett fallen. Ich frage mich, wie lange wir hier bleiben werden und warum wir nicht weiter im Haus wohnen. Ich betrachte die alten Heizkörper, die geschwungenen Türklinken. Ich warte. Ich weiß nicht, was ich sonst tun soll.

Das Erste, was meine Mutter macht, nachdem sie die Tür hinter uns geschlossen hat, ist, den großen Lampenschirm von der Decke abzunehmen. Im Bad klopft sie ihn über dem Waschbecken aus und spült die Spinnen, Fliegen und Käfer den Abguss hinunter. Sie holt ein Handtuch aus ihrem Lederkoffer und wischt über die glatten Flächen. Mit dem Desinfektionsspray besprüht sie die Griffe, bleibt dann im Bad, ich höre erst das Wasser rauschen, dann die Klospülung. Als das Wasser in der Dusche angeht, weiß ich, dass meine Mutter jetzt im Bad bleibt, so wie in den vergangenen Tagen, wenn sie nichts mehr zu räumen oder zu packen oder einzukaufen hatte. Sie schließt die Tür zum Badezimmer ab und macht die Dusche an, der Dunst kriecht langsam durch den Schlitz unter der Tür und bedeckt den Spiegel im Flur mit einer milchigen Schicht. Der Dunst hinterlässt einen feuchten Film auf meiner Stirn, er klebt meinen Pony fest, er macht mich müde und schläfrig. Ich lege mich auf das Sofa im Wohnzimmer, kauere mich zusammen.

Ich wünsche mir, dass meine Mutter etwas darüber sagt, wie sie sich fühlt. Ich wünsche mir, dass sie zu mir sagt: »Juno, es ist schwierig, ich weiß das, aber wir schaffen es, das Schlimme wird vorbeigehen.« Ich wünsche es mir, obwohl ich weiß, dass meine Mutter wahrscheinlich lügen müsste, weil sie gar nicht weiß, wie das ist, und ob das Schlimme wirklich vorbeigeht. Ich wünsche mir, dass meine Mutter morgen eine Decke in den Fahrradkorb packt und mit mir zum Stadtrand fährt, dass wir das kleine Tor vor unserem Haus öffnen und uns zusammen in den Garten setzen. Wir würden nichts reden, einfach nur das Haus anschauen und langsam verstehen, dass unser Leben dort, so wie es war, ein Ende hat.

ICH ESSE DIE BRIOCHE. Krümel fallen auf meine nackten Beine, ich schüttle sie ab. Ich frage mich, ob der Nebel, der gestern Abend gekommen ist und der in unseren Gärten eine Mooratmosphäre verbreitet hat, mich schlecht hat schlafen lassen. Ich frage mich, ob das nun das ist, was ich mir vorgestellt habe. Ich erinnere mich an die Aufforderung, die im Brief stand, ich solle mir überlegen, was ich mit dem Haus machen wolle, verkaufen, renovieren, behalten.

Durch das Fenster sehe ich, wie Jan sein Haus verlässt. Er trägt eine Sonnenbrille und ein Jackett, als habe er sich für einen Termin zurechtgemacht, in der einen Hand trägt er den Laptop, in der anderen Hand einen Koffer, der schwer aussieht. Jan sieht mich nicht. Der Transporter steht abfahrbereit vor seinem Haus. Jan öffnet die Heckklappe und verstaut Koffer und Laptop auf der Ladefläche. Er läuft zurück zum Haus und schließt die Fensterläden. Dann kommt er auf mein Haus zu und ich erwarte ein Klopfen an der Tür, aber er klopft nicht. Wenige Momente später erscheint er wieder in meinem Blickfeld. Er steigt ins Auto und zündet den Motor.

UNSERE TAGE RIECHEN NACH Blütenstaub. Auf meinen Kleidern liegt ein feiner, weißer Film, den ich versuche, abzuklopfen. Meine Mutter und ich bekommen noch immer sträußeweise Lilien und andere Blumen in die Pension geschickt. Die beiliegenden Karten sind nicht nur an meine Mutter, sondern auch an mich gerichtet, manchmal fällt ein Hundert-Euro-Schein aus dem Umschlag, ich weiß nicht, wer all diese Menschen sind. Sie unterschreiben mit ihren Vornamen.

Meine Mutter stellt die Sträuße erst auf den kleinen Tisch vor das Fenster zur Straße, und als dort kein Platz mehr ist, stellt sie die Vasen auf den Boden. Bald müssen wir uns unseren Weg an den Blumen vorbei planen, vorsichtig, damit wir sie nicht umwerfen. Wenn ich ganz nah an ihnen vorbeigehe, rieselt der Blütenstaub herab und hinterlässt eine dünne, gelbe Schicht auf dem Boden.

Meine Mutter fragt die Frau an der Rezeption, ob sie eine bessere Verwendung für die Sträuße habe. Die Haare der Frau sind kurz und rot gefärbt. Sie nickt, und zu dritt tragen wir die Sträuße in den Vorraum der Pension, nur die Lilien haben wir aussortiert. Zwei Sträuße stehen auf der Rezeption, und jeweils einer auf den drei kleinen Tischen neben den Sofas. »So sieht der Raum sehr freundlich aus«, sagt die Besitzerin der Pension und legt ihre Hand auf Mutters Arm.

Meine Mutter und ich schlafen zusammen in einem Bett, nachts höre ich ihr Atmen, ich höre, wie sie sich hin und her wälzt, wie ihre Zähne aneinanderreiben, ein unheimliches Geräusch entsteht dabei, Skelettgeklapper.

Morgens, wenn mein Wecker klingelt, ist der Platz neben mir leer.

Die Buchhandlung ist nur wenige Minuten zu Fuß entfernt, meine Mutter hat die Aushilfe wieder eingestellt und einen höheren Stundenlohn versprochen. Sie hat aufgehört, dort mittags zu kochen. Sie sagt, dass es nur vorübergehend sei, dass sie wieder damit anfange, sobald wir eine Wohnung hätten.

Meine Mutter hat ständig Termine, zu denen ich nicht mitgehen darf. Meine Mutter schaut sich Wohnungen in der Stadt an. Abends erzählt sie mir von ihnen, beschreibt die hohen oder niedrigen Decken, beschreibt Hinterhöfe oder Balkone, beschreibt den Stadtteil und die Geschäfte in den umliegenden Straßen und überlegt, wie viel Arbeit wir in die Wohnung stecken müssten. Sie sagt, viel Arbeit sei gut.

Dass ich Fieber habe, bemerkt zuerst die Pensionswirtin. Ich liege im Bett, die Decke bis zur Nase hochgezogen und die Pensionswirtin kocht abwechselnd Kamillentee, Pfefferminztee oder Früchtetee, den sie mir auf den Nachttisch stellt. Sie setzt sich auf die Bettkante. Die Zimmertür steht ein wenig offen, damit wir hören, wenn jemand an der Rezeptionsklingel läutet. Das Fieberthermometer liegt neben der Teetasse auf dem Nachttisch. Das Fieber ist noch nicht so hoch, dass wir einen Arzt rufen müssten. Die Pensionswirtin liest mir aus ihren Kinderbüchern vor, die sie aufgehoben hat und für die ich eigentlich schon zu alt bin. ›Oscar und die Mitternachtskatze‹ und ›Wo die wilden Kerle wohnen‹.

Wenn meine Mutter abends kommt, bedankt sie sich bei der Pensionswirtin. Erst spät entdeckt meine Mutter das Fieberthermometer und befühlt meine Stirn. »Es geht mir schon wieder ganz gut«, sage ich. Meine Mutter nickt, »gut«, sagt sie, »ein krankes Kind hätte mir jetzt gerade noch gefehlt.«

DIE HOLZKISTE LIEGT OBEN im ersten Stock unter einem Kleiderberg von Julie. Auch die Kamera liegt dort neben den entwickelten Fotos. Ich setze mich mit der Kiste auf die Matratze. Julie ist arbeiten, auf jeden Fall ist sie nicht da. Ich öffne die Kiste, ich habe kein schlechtes Gewissen, es ist schließlich mein Haus, in dem sie sich befindet. Erinnerungsgegenstände, denke ich, Dinge, die nur für den etwas bedeuten, der etwas damit verbindet, ein Ereignis oder eine Person. Julie hat die Kiste mit ihren Sachen gefüllt. Julie hat vergessen, sich ihr Medaillon umzuhängen, ich streife es mir über den Hals und denke an meine Mutter, wie sie von den Stufen der Terrasse aus auf Vaters Rücken springt und er sie durch den Garten trägt, als sei sie sein Kind. Meine Mutter, wie sie die Kirschen vom Baum pflückt und in einen geflochtenen Korb legt, wie sie mit mir in der Küche Kuchen backt, den ich am nächsten Tag in ein Tuch eingeschlagen mit in die Schule nehmen darf. Ich lege das Medaillon zurück in die Kiste.

Neben dem Medaillon sind noch ein paar Silbermünzen in der Kiste, alte Mark- und Pfennigstücke. Ein Foto, das den Ausblick über die Dächer einer Stadt und einen hellblauen Himmel bietet. Ein paar Postkarten, unbeschrieben. Eine kleine Muschel, ein leeres Schneckenhaus. Ganz unten finde ich endlich ein Foto. Es zeigt meinen Vater, mich und eine fremde Frau vor Segelschiffen in einem Hafenbecken, ich bin etwa fünf und halte die Schneekugel in der Hand. Die fremde Frau ist hübsch, sie trägt teure Kleidung und ihre Haare sehen aus, als würde sie alle zwei Wochen zum Friseur gehen. Ich kenne weder das Bild noch kann ich mich an diese Frau erinnern. Meine Mutter muss das Foto gemacht haben. Auf der Rückseite des Fotos steht ein Datum. Das Bild wurde in dem Jahr aufgenommen, in dem ich meinen zweiten Geburtstag feierte. Ich schaue mir noch einmal die Familie an.

MEINE MUTTER WIRD ES wieder versuchen, wie sie es jeden Abend versucht. Sie steht vor dem Badezimmerspiegel und pudert sich, zieht sich ein frisches, schwarzes T-Shirt über. Dann trinkt sie in einem Zug das Glas aus, nur die Eiswürfel bleiben zurück. Ihr Gesicht ist bleich, sie streicht sich über die Arme, als sei ihr kalt geworden. Meine Mutter hat abgenommen, ich sehe es, obwohl wir noch nicht einmal einen Monat in der Pension sind. Schon fast auf dem Flur stehend wünscht sie mir eine gute Nacht und schließt leise die Zimmertür hinter sich.

Es kann Stunden dauern, bis meine Mutter wieder in unser Zimmer kommt. Meine Mutter hat mir erzählt, dass der Frühstücksraum abends eine Bar sei. Dort sitzt sie am Tresen neben einer Vase mit Plastikblumen. Der Kellner poliert Gläser und serviert Drinks, manchmal bereitet er das Frühstück für den nächsten Morgen vor. Meine Mutter erzählt nicht, ob sie mit ihm oder mit anderen Gästen redet oder ob sie stumm vor ihrem Glas sitzt.

Wenn ich am Morgen aufstehe, liegt ein säuerlicher Geruch in unserem Zimmer. Ich reiße die Fenster auf. Ich mache Katzenwäsche im Bad, spritze mir etwas Wasser ins Gesicht, ziehe mich an und packe meine Schultasche. Aus dem Geldbeutel meiner Mutter nehme ich ein paar Münzen. Beim Bäcker neben der Schule kaufe ich mir eine Dampfnudel oder eine Brezel.

Nachmittags sitze ich auf dem Sofa neben der Rezeption, blättere in Modezeitschriften. Ich frage die Pensionswirtin, ob ich Seiten aus der Zeitschrift herausreißen darf, sie erlaubt es mir. In unserem Zimmer hefte ich die Bilder in einen Ordner, den ich immer wieder durchblättere. Eine schön angezogene junge Frau, die neben einem Reh im Wald steht, inmitten von Grün, ein dünnes Mädchen, das in einem weißen Unterhemd und mit geschminkten Lippen vor einem Landhaus steht.

Ich sammle in den Kneipen in unserer Straße Gratispostkarten aus den Postkartenständern, Werbekarten von Ausstellungen oder von Kinofilmen. Auch die Karten klebe ich auf Papier, hefte sie in den Ordner. Jeden Tag sehe ich die Bilder an und überlege, welche neu dazukommen können, ich wähle sie ganz genau aus, manchmal tausche ich eine Karte oder ein Bild aus der Modezeitschrift durch ein neues aus. Ich stelle mir vor, ich sei das Mädchen im Wald und könnte auf dem Reh reiten, träfe Elfen und Trolle, sie würden meine Freunde sein, ich stelle mir vor, ich sei das Mädchen, das in einem Landhaus wohnt. Den Ordner lege ich unter unser Bett. Ich nehme ihn nicht mit in die Schule, ich will ihn niemandem zeigen, er ist nur für mich.

Manchmal klingelt das Telefon in unserem Zimmer, das meine Mutter extra bezahlen muss. »Falls doch mal was ist«, hat sie gesagt und mir die Nummer auf einen Zettel geschrieben, den ich in meinen Geldbeutel stecken sollte.

Lena ruft an und fragt, ob wir zusammen in die Stadt gehen wollen oder ins Kino, sie fragt, ob wir irgendwas zusammen machen wollen, ich dürfte auch entscheiden, was. Ich glaube, ihre Mutter hat ihr aufgetragen, mich anzurufen, und sage, dass ich es noch nicht wisse, dass ich noch überlegen müsse und ihr vielleicht später Bescheid sagen könnte. »Aber schwimmen gehen können wir doch?«, fragt Lena. Ich überlege kurz. Eigentlich möchte ich viel lieber ein Buch lesen oder Fahrradfahren, alleine. »Was ist denn nun, komm doch mit«, sagt sie. »Vielleicht morgen«, sage ich.

JULIE HAT MUSCHELN MITGEBRACHT, die sie aus einer Plastiktüte auf dem Küchentisch ausleert. »Von der Bar«, sagt sie, und »wir können zu Abend essen, zu dritt«, und ich ahne, dass sie sich entschuldigen will, aber ich sage nichts. Ich sehe ihre Augen, ihre Wimpern, die sie nie tuscht, die aber trotzdem immer lang, dunkel und gebogen sind, ihre Haut, die etwas dunkler ist als meine Haut, was wahrscheinlich nur daran liegt, dass sie in Südfrankreich lebt, wo man die Sonne ab März dauergepachtet hat. »Ich könnte noch Weißwein kaufen«, sagt sie, während sie den Kühlschrank durchwühlt. Sie schichtet Lauch und Karotten aufeinander, legt die Butter auf die Anrichte und einen Becher süße Sahne. Dass mir Muscheln gut schmecken würden, sage ich, dass es nett von Camille sei, uns die Muscheln zu schenken, dass ich doch kurz ins Dorf gehen könne, um Wein zu kaufen, aber dass Jan nicht mehr hier sei, dass er vorhin in seinen Transporter gestiegen und weggefahren sei. Julie dreht sich um und lässt die Kühlschranktür offen. Ihre Augen werden größer und die Farbe wechselt von Hellblau ins Dunkelblaue. Ich glaube Julie, dass sie nicht weiß, wo Jan ist. Auch wenn ich ihr vieles, was in dieser einen Woche gesagt wurde, nicht glaube, das glaube ich.

Ich fahre mit dem Auto in die Stadt und halte beim Supermarkt. Ich kaufe zwei Flaschen Weißwein und Cidre zum Nachspülen, fahre zurück zum Haus.

Julie hat Decken und Kissen in den Garten gelegt, ich setze mich. Wir essen die Muscheln mit den Fingern, stumm und langsam. Julie tropft Soße auf ihre weiße Spitzenbluse, mit der sie ein bisschen wie eine Magd aus dem 19. Jahrhundert aussieht. Den Rest der Soße tunken wir mit Baguette auf. Es ist, als ob nun, da Jan weg ist, Ruhe zwischen uns einkehre und eine Art von Übereinkommen, für das es weder Worte noch eine Erklärung gibt.

Als Julie sich mit einer Serviette den Mund abwischt, nenne ich es beim Namen, weil ich gelernt habe, dass es besser ist, die Dinge immer klar anzusprechen, statt sie totzuschweigen. Dass wir Schwestern seien, wisse sie, sage ich, und ich setze kein Fragezeichen hinter den Satz. Dass wir den gleichen Vater haben, dessen Asche seit acht Jahren in einer steinernen Urne auf einem Friedhof in Deutschland liege, und auf dessen Beerdigung sie nicht gewesen sei, daran könne ich mich erinnern, denn auf der Beerdigung sei kein Mädchen in meinem Alter gewesen, da war nur ich, im orangenen Pullover und dicker Daunenweste, als könnte mir kalt werden an einem Septembertag, und da war meine Mutter, und andere Leute, deren Namen ich nicht kannte. Und dass ich nicht wisse, warum sie nicht dort war und warum ich nie etwas von ihr gehört habe, warum wir einander nicht kennenlernen durften, ich hätte immer gerne eine Schwester gehabt.

Julie schaut an mir vorbei, auf den Apfelbaum oder durch ihn hindurch, genau weiß ich es nicht.

MEINE MUTTER UND ICH wohnen nicht mehr im Haus, niemand wohnt mehr im Haus. Meine Mutter will es verkaufen oder sie hat es schon verkauft. Sie sagt, dass niemand die Geschichte von unserem Haus erfahren dürfe, dann bringe es kein Geld mehr, aber ich glaube das nicht. Ich glaube, jeder will in unserem Haus wohnen, in unserem Garten grillen, in den angrenzenden Feldern und Wiesen spazieren gehen, die Kirschen direkt vom Baum ernten.

Meine Mutter und ich wohnen nicht mehr in der Pension, wo ich nach der Schule mit der Wirtin auf dem Sofa saß, wo ich am kleinen Tisch zwischen den Blumen und einer Schüssel voll billiger Halsbonbons Origamiblumen und Kraniche faltete, wo ich die Wirtin bat, mit mir im Fahrradladen an der Ecke mein erstes Mountainbike auszusuchen, das ich mit dem Geld von der Beerdigung bezahlte.

Handwerker renovieren die neue Wohnung, sie riecht nach Kleister und frischer Farbe. Als mein Vater aus der Klinik zurückkam, hatte meine Mutter vorgeschlagen, das Wohnzimmer zu streichen, Papierhüte lagen bereit, auch für mich gab es einen. Aber das Wohnzimmer blieb, wie es war.

Ich stehe in der Mitte meines neuen Zimmers und singe ein Lied. Ich fühle mich wie eine Sängerin in einem Konzertsaal bei der Generalprobe. Ein paar Minuten später kommt meine Mutter ins Zimmer, sie sagt, dass ich damit aufhören soll.

Meine Mutter hat neue Möbel gekauft. Männer in weiten Hosen tragen sie durch den Hausflur, manchmal schrammt ein Möbelpaket knirschend an der Wand entlang, »passen Sie doch auf«, ruft meine Mutter dann, doch die Männer reagieren nicht darauf. Der Tag wird von schweren Schritten auf dem Dielenboden dominiert, von lautem Rufen durch den Hausflur. Manchmal öffnet sich eine Tür einen Spalt breit und die Augen eines Nachbarn erscheinen wie die Augen einer Katze in der Dunkelheit. Ein Türspion wäre gut, denke ich. Meine Mutter gibt Anweisungen, welches Paket in welchen Raum gehört, sie winkt die Männer in die richtigen Zimmer, kontrolliert danach, ob die Kisten ein Loch oder die Möbel eine Schramme abbekommen haben.

Langsam füllen sich die Zimmer und auch in meinem Zimmer verschwindet der Hall des Konzertsaals.

Ich wünsche mir, dass wir wenigstens ein altes Möbelstück aus dem Haus in der neuen Wohnung aufstellen. Ich frage meine Mutter, ob wir nicht wenigstens das alte Sofa behalten können, das im Wohnzimmer gegenüber vom Sideboard stand. Meine Mutter schüttelt den Kopf, dann sagt sie, dass das nicht ginge, auf keinen Fall ginge das, denn sie sehe meinen Vater immer darauf sitzen, den Kopf zum Fernseher, aus dem Fenster oder auf den Gameboy gerichtet, auf dem man nur Tetris spielen konnte.

Die Stille in unserer Wohnung wird von Geräuschen durchbrochen, die ich bisher nicht kannte. In unserer Wohnung höre ich die Nachbarn von unten. Morgens lege ich mich auf den Bauch und presse das rechte Ohr auf den Boden. Eine Frau kreischt erst mit hoher Stimme, dann schreit sie ohne Unterbrechung. Den Mann verstehe ich genau, »beruhige dich«, sagt er, und ich stelle mir vor, wie er versucht, seine Hand auf ihren Arm zu legen. Sie schreit weiter, läuft stampfend in ein anderes Zimmer, kommt wieder. Ein Geräusch, als würden Möbel gerückt. Dann irgendwann Stille.

Am Abend liege ich im Bett, wieder dringen Geräusche von unten durch die Decke in mein Zimmer, ich muss noch nicht mal den Kopf auf den Boden legen, ich höre auch so alles. Die Frau schreit, es ist ein wortloses, abgehacktes Schreien. Als es vorbei ist, hallen die Geräusche noch lange in mir nach.

JULIE SAGT NICHTS. SIE SITZT einfach nur stumm vor mir, als liefen in ihrem Kopf Szenarien ab, was passieren könnte, wenn sie das eine sagt oder das andere nicht sagt. Irgendwann schaut sie auf und lacht ein bisschen, nicht böse, sondern so, als habe jemand einen Witz erzählt, für den man ein paar Momente benötigt, um ihn zu verstehen.

Dass sie ein Foto von uns gehabt habe, sagt sie. Ihre Mutter bekam es mit der Post, als sie noch klein war und Frank noch lebte, ihre Mutter hatte den Brief in ihrem Kleiderschrank versteckt. Doch Julie fand den Brief, als sie Sachen zum Verkleiden suchte. Auf dem Briefumschlag las sie den Absender und öffnete ihn noch im Schlafzimmer ihrer Mutter.

Zuerst sieht Julie aus, als kämen ihr die Worte nur schwer über die Lippen, dann spricht sie hastig, verschluckt manche Wörter, es sprudelt aus ihr heraus, als sei sie froh, es endlich erzählen zu können.

Ein kurzer Brief, wenige Zeilen, die sagten, dass Frank nicht in Frankreich leben kann oder will. Julie sagt, dass er, meine Mutter und ich auf dem Bild waren, dass wir auf einer Wiese lagen, dass ich ein blaues Kleid trug und einen Pony, der mir bis fast in die Augen hing, dass meine Mutter ein Medaillon auf der Brust trug, dass Frank mit Dreitagebart und Brille dasaß. Dass wir nicht lachten, sagt Julie, dass wir still dasaßen in unserem Glück und es nicht schätzten. Diese drei Menschen im Garten, dachte sie, die wissen nicht, wie viel Glück sie haben, wie sehr sie beneidet werden. Julie stopfte das Bild und den Brief in den Korb mit der dreckigen Wäsche. Am nächsten Tag fand die Mutter beides. Und obwohl sie das Foto und den Brief nicht mehr sah, schob sich das Bild immer wieder vor Julies Augen. Wenn ihre Mutter mit ihr darüber sprechen und ihr erklären oder sagen wollte, was sie selbst darüber dachte, hielt sich Julie demonstrativ die Ohren zu und begann zu singen.

»Du wusstest es«, sage ich und suche in Julies Gesicht nach einer Reaktion, aber ich finde nichts, ich suche nach den passenden Worten, aber ich finde auch sie nicht, also sage ich, dass es mir leid tue. Julie steht auf, klopft sich den Dreck von der Hose, rückt ihre Bluse zurecht und nimmt die leeren Muschelschalen und Teller. »Und das alles, obwohl es mich zuerst gab«, sagt sie.

IM SCHULHOF GIBT ES ganz hinten eine Ecke, noch hinter den Toiletten, in der sich die Feuerkäfer auf dem Asphalt tummeln, Teufelskäfer nenne ich sie. Oft gehe ich in der Pause in diese Ecke, vorbei an den Rauchern aus der Oberstufe, vorbei an den Fünftklässlern, die Gummitwist spielen, vorbei an den Pärchen, die händchenhaltend hinter den Fahrradständern stehen. Lena kommt mit. Ich trete mit den Füßen auf die Feuerkäfer, die Körper sind sofort zerquetscht und nicht mehr als Käfer zu erkennen. »Sie sind böse und gefährlich«, sage ich zu Lena, sie nickt und tritt die Käfer zu Brei. Zu zweit hüpfen wir auf ihnen herum, immer gibt es einen, der sich noch bewegt. Kurz bevor es zum Unterricht läutet, kommt eine Lehrerin vorbei. »Was macht ihr da?«, fragt sie. »Haben euch die Tiere irgendetwas getan? Hört auf damit.«

Nach der Schule fahre ich mit dem Fahrrad aus der Stadt heraus und lasse das Grau hinter mir, die dicht aneinanderstehenden Häuser, in denen man alles hört. Ich fahre die breite Straße entlang, die ich früher immer gefahren bin. Die Wolken folgen mir, sie breiten sich aus, nehmen den Himmel ein. Ich biege in eine Straße ab und kann bereits die Umrisse unseres Hauses sehen. Ich spüre die ersten Regentropfen im Nacken, ziehe die Kapuze auf und fahre trotzdem weiter, plötzlich ein Donnern, ich zucke zusammen, trete schneller in die Pedale, die Wolken am Himmel sind inzwischen schwarz.

Es ist nicht mehr weit. Ich sehe den Kirschbaum, dessen Äste sich nach oben hin öffnen, als wollen sie den Himmel empfangen. Auf dem Schotterweg noch immer unser Kombi, die Stoßstange eingedellt. Ich werfe das Fahrrad ins Gras, ziehe die Sweatjacke enger um den Körper und drücke das Tor zum Garten auf. Ich gehe am Schuppen vorbei, der noch immer in der Ecke des Gartens steht, ich sehe durch sein kleines Fenster, sehe die Gartengeräte, das

Aquarium. Ich setze mich auf die Terrasse. Neben mir prasselt das Wasser durch die Regenrinne, ich habe die Arme um die Beine geschlungen, das Kinn auf das Knie gelegt. Im Haus brennt kein Licht. Kein Auto und keine Fahrräder zeugen von neuen Bewohnern. Ich rüttle an der Terrassentür zum Wohnzimmer, sie lässt sich nicht öffnen. An den Fensterrahmen hängen Spinnweben, die ich mit dem Ellenbogen wegmache. Ich drücke meine Stirn an das Glas. Im Zimmer steht unser Sideboard an der Wand, daneben zusammengerollt unser Flokati, das Sofa steht in der Mitte des Raumes, darauf liegt mein kleiner Tennisschläger.

JULIE IST WEG. ICH SUCHE sie im Haus, zuerst öffne ich die Tür zum Keller und gehe ein paar Stufen hinunter, weiter traue ich mich nicht. Die Stille im Haus macht mich verrückt. Ich schaue durch alle Fenster, aber ich entdecke niemanden, laufe mit schnellen Schritten in den Garten und werfe die Tür hinter mir zu. Auch bei Jan sieht noch alles verlassen aus, der Transporter ist weg.

Das Dorf kommt mir merkwürdig undurchdringlich vor, obwohl es im Atlas so klein aussieht. »Hier können wir nicht bleiben, was hast du dir bloß dabei gedacht?«, höre ich Mutters Stimme, die sich mit dem Sprachgewirr der Touristen vermischt. »Zwei Kugeln Eis mit Sahne und Erdbeersoße, nein, nicht in der Waffel, im Becher.« Das Gesicht des Kindes vor mir im Kinderwagen ist über und über verklebt mit brauner Soße, genüsslich schleckt es seine Finger ab, seine Mutter steht vor einem Postkartenständer und sucht Karten aus, zehn Stück für drei Euro.

Ich kaufe mir ein Rubbellos und setze mich damit an den kleinen Tisch vor dem Laden, kratze die silberne Oberfläche mit einer Münze frei. Ich lasse die Niete am Tisch zurück. Ein Mann mit Sonnenbrille trägt seine Tochter auf den Schultern, sie gluckst, als er sie ein bisschen hin und her wippt. Ich sehe Anna im blau-weiß geringelten Matrosen-T-Shirt auf dem Arm meiner Mutter, ihr Vater cremt sie im Gesicht mit Sonnenmilch ein, küsst meine Mutter dann auf die Wange. Zwei kichernde Mädchen auf dem Weg zum Strand, unter dem Arm eine Stange Baguette. Ich sehe die Kästchen auf dem Boden des Schulhofes, die Lena und ich in der großen Pause mit Kreide aufmalen, um auf einem Bein darüberzuhüpfen. Am nächsten Tag hat der Regen sie weggewaschen.

Auf dem Marktplatz bleibe ich stehen. Ich setze mich auf die Mauer neben dem Brunnen und ziehe die Sandalen aus. Ich bin in den letzten zwei Stunden fünf Mal am Marktplatz vorbeigekommen. Ich finde weder Julie noch Jan, ich finde auch das Hotel nicht, in dem wir damals neben der Waschküche in Betten mit gestärkter Bettwäsche schliefen, so fest und gleichzeitig weich, dass meine Mutter mit einem Staunen in der Stimme sagte: »Diese Leintücher halten bestimmt hundert Jahre.« Meine Erinnerung an das

Haus ist verschwommen, ich weiß nicht, wie weit es vom Strand entfernt war oder was in der Nähe lag. Ich kann mich nur an die dunkelblauen Markisen erinnern, auf denen in Blockschrift der französische Name für »Zukunftshotel« stand, ich erinnere mich an meine Mutter, die sich über den Namen wunderte und sich noch mehr wunderte, als wir das Zimmer bekommen hatten und ich die dicken, samtenen Vorhänge beiseiteschob, mein Vater sich auf ein dunkelbraunes Ledersofa setzte, dessen Leder schon durchgescheuert war.

Ich frage mich, ob hier auch im Winter jemand in diesen kleinen, weißen Häusern mit den bunten Fensterläden wohnt, ob es, wenn es kalt ist, Gäste in den Cafés und Sandwichläden gibt oder ob die Läden schließen müssen, weil sich nur wenige Rentner in den kalten Tagen an die windige Küste trauen, wo die Heizungen selten funktionieren und man täglich neu vom Regen überrascht wird.

Der Marktplatz füllt sich. Kinder gehen mit rosafarbenen Zuckerbäuschen an Holzstielen an mir vorbei, in den Händen der Eltern mit Gas gefüllte glitzernde Luftballons an einer Schnur, die die Formen eines Regenbogenfischs, einer Eiswaffel, eines Papageis, eines Clowns haben. Ich höre anpreisende Männerstimmen durch Mikrofone und Akkordeonmusik, höre Kinderlachen. Ich folge den Geräuschen, gehe gegen den Strom, schaue weder links noch rechts, als höre ich das Flötenspiel des Rattenfängers und müsse ihm folgen.

Ich gehe durch eine Wolke aus Seifenblasen, kleine, glitzernde Ballons segeln durch die Luft, Kinder versuchen kreischend, sie zu fangen. Die Blasen fliegen aus einer Maschine im Sekundentakt auf die Straße.

Die Stände an der Strandpromenade sind aufgebaut, die bunten Lichter der Karussels blinken, eine aufdringlich fröhliche Melodie schiebt sich zwischen den Menschen hindurch. In einem Glaskubus liegen Kuscheltiere übereinander, ich stecke ein zwei-Euro-Stück in den Automaten und drücke den Knopf, fahre mit dem Joystick die Greifzange erst geradeaus, ein Stückchen links, dann lasse ich sie hinab und greife zu. Ein Kind mit einer Zuckerperlenkette um den Hals drückt sich die Nase an der Scheibe platt und beobachtet, wie ich eine große, weiße Ente mit breitem Hintern und zwei gelben Füßen angle. Ich drücke dem Kind die Ente in die Hand. Es sagt nichts, schaut mich nur ungläubig an.

DIE NEUE WOHNUNG LIEGT mitten in der Stadt. Ich stehe auf meinem Balkon und beobachte die Leute auf der Straße. Ich höre, wie die Kastanien auf den Boden fallen. Morgens auf dem Schulweg fülle ich meine Jackentasche mit ihnen. Immer wieder nehme ich eine in die Hand, fahre mit meinem Finger über ihre weiche Oberfläche. Ich stütze meine Ellenbogen auf das Balkongeländer und lehne mich so weit hinaus, dass ich gerade noch mein Gleichgewicht halten kann. Manchmal stelle ich mir vor, wie es wäre, zwei Stockwerke tief zu fallen, ich frage mich, wie hoch die Wahrscheinlichkeit wäre, zu überleben, zwar mit Blessuren und gebrochenen Knochen, womöglich säße ich danach im Rollstuhl, aber ich würde überleben. Ich glaube, die Wahrscheinlichkeit ist nicht sehr hoch. In meinem Mund sammle ich Spucke, die ich hinunterfallen lasse, sobald sich jemand nähert. Meistens treffe ich nicht, nur einmal fällt die Spucke ganz dicht vor einem Mann herunter, er schreit auf und ruft nach oben: »Bist du bescheuert, soll ich hochkommen und dich verprügeln?«

Ich gehe mittags nach der Schule nur noch selten zu meiner Mutter in die Buchhandlung, obwohl sie jetzt viel näher liegt als früher. Das Schild, auf das sie jeden Tag mit Kreide das Mittagessen schrieb, steht nicht mehr vor der Tür. Auch die Blumen auf dem Tresen sind verschwunden. Meine Mutter steht zwischen den Büchern und verkauft sie, staubt sie ab, sortiert sie neu in die Regale ein und dekoriert das Schaufenster.

Ich koche mir zu Hause selbst etwas zu essen, das ich mir von meinem Taschengeld kaufe. Ich gieße Pulver mit Wasser auf und esse Champignon-, Spargel- oder Brokkolisuppe, oder ich koche mir Nudeln mit einer Soße aus Tomatenmark, Wasser und Basilikum.

Mutters Rezepte liegen vor mir auf dem Tisch, ich habe ihr Kochbuch aus der Buchhandlung mitgenommen. Ich lese die Rezepte, als wären sie ein spannendes Buch. Ich rufe Lena an und frage sie, ob sie mit mir kochen will. Sie kommt. Zusammen bereiten wir ein großes Essen zu. Irgendwann steht Lenas Vater in der Küche. »Erwartet ihr noch Gäste?«, fragt er und wir antworten nicht, weil wir nicht wissen, wer das alles essen soll, es ist ja niemand da, wir haben niemanden eingeladen.

Ich setze mich mit dem Zeichenblock in mein Bett und male das Haus. Der Bleistift bricht immer wieder ab. Ich male die zwei Stockwerke, den Efeu, die Terrasse, den Schuppen und den Kombi. Die Bilder muss ich vor meiner Mutter verstecken. Es sei vorbei, sagt sie, es sei Vergangenheit, wir müssten in die Zukunft schauen.

Wir haben auch keine Fotos mehr von früher. Die Fotos seien beim Umzug verloren gegangen, sagt sie. »Vielleicht hat einer der Helfer etwas furchtbar Wertvolles in den Kisten vermutet«, sagt sie.

Das gleiche sagt sie, als ich frage, ob sie die Kamera gesehen hat, die sie mir zum Geburtstag geschenkt haben. Ich habe noch nicht einmal den ersten Film daraus entwickeln lassen. Ich stelle mir vor, wie es wäre, wenn ich die entwickelten Fotos aus der Drogerie abholen würde und mich mein Vater, in seinem hellblauen Jogginganzug auf dem Klinikbett sitzend, ansehen würde.

IN DER BAR DU MATIN sitzen die, denen das Sommerfest an der Promenade zu laut und zu bunt ist, denen die Lichter zu grell und die Leute zu fröhlich sind. Ich setze mich draußen an einen der kleinen Tische und schlage die Speisekarte auf, als Camille mit einer schmalen, weißen Kellnerschürze um die Hüfte vor mir steht. Was ich trinken möchte, fragt sie, oder ob sie mir etwas bringen darf, etwas, das sie mir empfehlen wolle. Sie sagt es, als hätten wir ein konspiratives Treffen, und wieder muss ich an heiße Schokolade denken, daran, dass Camille in der Küche jetzt Schokolade in die Milch rührt, wie in einer Chocolaterie, blitzschnell eine Wahl trifft und errät, welche Schokolade der Gast am liebsten mag.

Ich lasse mich darauf ein, und ein paar Momente später steht sie schon wieder vor mir, zwei Gläser in den Händen. Sie stellt ein Bierglas vor mich auf den Tisch, darin eine hellrote Flüssigkeit mit weißer Schaumkrone. Das sei ein Monaco, sagt sie, ob sie sich kurz zu mir setzen könne. Sie nimmt auf dem Plastikstuhl neben mir Platz, gibt der anderen Kellnerin ein Zeichen und ruft ihr zu, dass sie kurz eine Pause mache.

»Das ist ein Monaco«, Camille wiederholt ihren Satz, sie spricht eine Mischung aus Französisch und gebrochenem Deutsch. Sie prostet mir zu und nimmt einen Schluck, etwas Schaum bleibt über ihrer Oberlippe hängen, sie wischt ihn mit dem Zeigefinger weg. Bier mit Grenadinesirup, sagt sie, das Monaco sei kein Bier der Bretagne, sondern ein südfranzösisches Bier. Nur selten komme es vor, dass jemand es hier bestelle. Ich nehme einen Schluck, eine Mischung aus süßlich und herb.

Man schütte den Sirup ins Glas und fülle es dann mit Bier auf, sie macht eine Pause, nimmt wieder einen Schluck, dann noch einen. Sie zündet sich eine Zigarette an, ihre Hände zittern ein wenig. Mein Vater habe das Monaco immer bestellt, wenn er hier gewesen sei, sagt sie und stellt das Glas auf dem Tisch ab, reibt sich die Hände, als sei ihr kalt. Er habe es regelmäßig bei ihr getrunken, am Tresen sitzend oder hier, wo wir gerade säßen, auf den weißen Plastikstühlen auf der Straße. Sie wisse noch, wie er das erste Mal in der Bar du Matin stand, sie habe sich gerade selbstständig gemacht und ihren Lehrerinnenberuf hinter sich gelassen, jeden Tag Referate halten und die Aufmerksamkeit so vieler Augenpaare nur auf sich zu spüren, das sei ihr zu viel gewesen. Die Bar habe sie damals vielleicht ein halbes Jahr gehabt, vielleicht neun Monate, so genau könne sie sich nicht mehr erinnern. Zu der Zeit sei das Dorf in Mode gekommen, als mondän sei es in Reiseführern beschrieben worden. Sie habe Glück gehabt, dass ihr der Großvater zwei alte Fischerhäuser und das Haus mit den Ladenräumen vererbt habe, sie selbst hätte nie das Kapital gehabt. Camille klingt, als müsse sie etwas wegreden. In dem einen Haus wohnte sie, das zweite vermietete sie und das dritte, in das investierte sie und eröffnete die Bar.

In das Dorf sind von Saison zu Saison mehr Touristen gekommen und von Jahr zu Jahr schickere Touristen, die Läden wurden edler und schöner und die Preise höher, es waren goldene Jahre. Und eines Abends stand mein Vater in der Bar, die Haare zerzaust und die Haut braun von der Sonne, und er sah so auffallend anders aus mit seinen kurzen Shorts, dem ausgewaschenen T-Shirt und seinem Dreitagebart, den sonst niemand trug. Draußen vor der Tür stand sein Auto, etwas verbeult, auf der Rückbank Zelt, Isomatte und Schlafsack. Er habe ein Monaco bestellt und musste ihr erklären, was das ist, sie kannte es nicht. Ein Bier mit rotem Sirup, sie habe den Kopf geschüttelt und musste verneinen, Grenadinesirup, den habe sie nicht hier. Aber als er am nächsten Abend wieder auftauchte, diesmal zu Fuß und in einer hellen Leinenhose, da konnte sie ihm den Grenadinesirup bereits anbieten. Camille wirkt wie ein junges, plapperndes Mädchen. Sie nimmt noch einen großen Schluck, bis nur noch ein bisschen Schaum im Glas ist, dann steht sie mit einem Ruck auf, als habe sie es eilig, streicht sich die Hände an der Schürze ab. »Gehen wir morgen spazieren?«, fragt sie. Zum ersten Mal seit langer Zeit habe ich das Gefühl, dass sich etwas mit hoher Geschwindigkeit auf mich zubewegt.

NACHTS BIN ICH MANCHMAL allein. Meine Mutter verlässt die Wohnung, wenn ich schlafe. Vom Geräusch der Wohnungstür wache ich auf, auch wenn sie versucht, die Tür leise ins Schloss zu ziehen. Ich sage ihr nicht, dass ich weiß, dass sie nachts fort ist. Ich gehe zum Fenster, schiebe den Vorhang beiseite und sehe sie, wie sie aus dem Haus tritt, wie sie zu Fuß die nasse, verregnete Straße entlanggeht, fast schon eilt, und sich nicht umdreht. Meine Mutter im schwarzen Mantel, die Haare hochgesteckt zu einem Dutt, der den Nacken freilegt und im Schein der Straßenlaterne noch weißer ist als sonst. Ich öffne die Balkontür und gehe hinaus. Wenn ich mich darauf konzentriere, kann ich das Klappern ihrer Absätze auf dem Asphalt hören. Wir haben kein Auto mehr. Es gäbe Bus und Bahn und ich könnte mein Fahrrad nehmen, hat meine Mutter gesagt.

Abends bevor sie weggeht, steht sie lange vor dem Spiegel, hält sich erst das geblümte, dann das schwarze Kleid vor die Brust, steigt dann doch in eine Jeans, die am Po eng sitzt, und streift ein T-Shirt mit Wasserfallausschnitt über, so nennt sie den Stoff, der vorne an ihrem Oberkörper in großen Falten liegt.

Wenn der Verkehr auf der Straße vor unserem Haus lauter wird, wenn die Straßenbahnen auf den Gleisen quietschen und die Lieferwagen mit eingeschalteten Warnblinkern auf der Straße parken, um ihre Ware für Bäcker und Supermärkte auszuladen, wenn mein Wecker klingelt, ist meine Mutter wieder da.

Morgens stehe ich auf, ziehe mich an und packe meine Schultasche. Meine Mutter steht im Türrahmen ihres Zimmers, den Kopf an das Holz gelehnt, die Arme vor der Brust verschränkt. Bröckchen von Wimperntusche kleben verschmiert unter ihren Augen. »Guten Morgen«, sagt sie.

Im Flur und im Wohnzimmer hängen jetzt Bilder von Frida Kahlo, sie hängen auf einer Höhe nebeneinander wie in einer Galerie. »Eine sehr bekannte mexikanische Künstlerin«, hat meine Mutter gesagt, als sie die Bilder befestigt hat, mit den Nägeln zwischen den Zähnen und dem Hammer in der Hand. Ich mache die Augen zu, wenn ich an den Bildern im Flur vorbeigehe, doch sie haben sich trotzdem in meinen Kopf eingebrannt. Ich sehe die dunkelhaarige Frau mit Rock und nacktem Oberkörper vor mir, auch wenn ich gar nicht an sie denken will. Ihr Oberkörper ist mit Gurten zusammengeschnürt, in Oberarmen und Brust stecken Nägel, und dort, wo sich eigentlich Speise- und Luftröhre befinden, steckt bei der Frau ein Gewehr, der Gewehrlauf schiebt sich in ihren Hals.

WIR SIND BEIDE PÜNKTLICH. Camille und ich sind am Meer verabredet, nicht dort, wo die Familien im Sand unter den Sonnenschirmen liegen, sondern dort, wo die Küste felsig wird und hunderte kleiner, weißer Muscheln den Stein bedecken, sodass er nicht mehr zu sehen ist.

Frank sei ein schöner Mann gewesen, setzt Camille ein, so, als hätten wir schon ein stundenlanges Gespräch hinter uns. Sie trägt ein schwarzes Kleid. Wir gehen nebeneinander, manchmal fliegt eine Möwe direkt über unsere Köpfe hinweg und verschwindet hinter den steil abfallenden Felsen. Er hätte am Strand nicht still liegen können, sagt Camille, er habe seine Brille aufs Handtuch gelegt und sei immerzu weit ins Meer gekrault, manchmal habe er die Ebbe verflucht, sie lacht ein bisschen, als sie das sagt.

»Und immer schon am zweiten Tag in Coulard bekam Frank einen Sonnenbrand«, sagt Camille.

Wir setzen uns auf eine Bank und sehen aufs Meer, das ganz still vor uns liegt. Wenn die Sonne unterging, sei mein Vater Abend für Abend in der Bar du Matin gewesen. Er trank Monaco, als wolle er einfach nicht akzeptieren, dass er in der Bretagne und nicht in Südfrankreich sei, obwohl er immer wieder betonte, wie sehr er die Gegend hier wegen ihres Wetters liebte, den Wind, den Regen, die plötzlich durchscheinende Sonne. Manchmal fing er an zu fantasieren, einfach hierbleiben, sagte er, und nicht mehr studieren. Er habe sich unruhig umgesehen, als beobachte ihn jemand. Er trank sein Glas in einem Zug aus und ging wieder. Er will vor irgendetwas Ruhe finden, habe sie gedacht. Und dann vergaß sie ihn, bis er am nächsten Tag oder im nächsten Frühling wieder vor ihr stand und sein Monaco bestellte.

Innerhalb von Sekunden verdunkelt sich der Himmel, in der Ferne sehen wir einen Blitz, der die Welt in zwei Hälften teilt. Kurz darauf folgt das Donnern. Camille kennt einen Unterschlupf hier in der Nähe. Wir eilen zu einer Halle, das Tor steht offen. Sie ist groß und leer, nur Metallrohre und Gestelle liegen überall verteilt, ich kann ihnen ihren einstigen Nutzen nicht ansehen. Eine alte Markthalle, vermute ich, oder eine Halle, in der die Fischer ihre Boote warteten. Der Regen prasselt auf das Dach nieder, als hätte er es eilig, fertig zu werden. Es donnert und faucht, überall rüttelt es an der Halle.

Sie kannte meinen Namen, es war einfach, meine Adresse im Internet herauszufinden, antwortet Camille auf meine Frage, die keine Frage war, sondern eher ein Feststellen, ein Vergewissern.

Als im Sommer vor drei oder vier Jahren eine junge Frau im Dorf aufgetaucht sei und das Haus meines Vaters bezog, ahnte sie, dass es eine seiner zwei Töchter sein musste. Zuerst dachte sie, ich sei es, sie hatte mich schon einmal gesehen, als ich noch ein kleines Mädchen und zu Besuch in der Bar war. Mein Vater stellte ihr weder mich noch meine Mutter vor, er habe ihr damals vor dem Tresen stehend nur zugezwinkert, weiter nichts. Aber dann kam die junge Frau in ihre Bar und fragte nach einem Job, in perfektem Französisch, mit südfranzösischem Akzent.

ES IST WINTER GEWORDEN, Eisblumen sind an unseren Fenstern zu sehen. Nach der Schule steige ich auf mein

Fahrrad und fahre nicht nach Hause, sondern zum Weiher am anderen Ende der Stadt.

Der Weiher ist eine schlafende, schillernde Fläche, das Wasser ist gefroren. Um ihn herum die Bäume wie Skelette. Ich lasse das Fahrrad in den Schnee fallen und überlege, auf der Eisfläche herumzurutschen, aber habe Angst, einzubrechen, hier ist weit und breit kein Mensch, niemand würde mich rufen hören. Ich stehe am Ufer und strecke mein Bein aus, mit dem Fuß klopfe ich auf die Eisdecke, es knackt und kleine, feine Linien durchziehen wie ein Strahlenkranz das Eis. Ich klopfe fester und das Eis bricht etwas auf, durch das kleine Loch schwappt Wasser.

Ich steige wieder auf das Fahrrad und fahre durch die Stadt, bis die Häuser weniger und niedriger werden. Ich fahre zum Feld, steige ab und ziehe meinen Schal fester um den Hals, setze die Kapuze auf. Ich lege mich in den Schnee. Ich sehe, wie mein Atem in weißen, gleichmäßigen Wölkchen vor meinem Gesicht aufsteigt, spüre die Weizenstoppeln hart in meinen Rücken stechen. Manchmal fliegt eine Krähe über mich hinweg, ihr klagendes Krächzen über dem Feld, der Himmel weiß.

Ich fahre weiter. Am Waldrand schließe ich mein Fahrrad ab und gehe ein paar Schritte hinein zum Gehege, wo ich mit meinem Vater manchmal die Bisons und Rehe fütterte. Meine Schritte werden weich vom Waldboden abgefedert. Die Tiere sind nur in der Ferne zu sehen, sie stehen weit in der Mitte des Geheges um einen Trog herum, Körper an Körper wärmen sie sich.

Nach zwei Wintern, in denen der Schnee fein wie Mehlstaub die Straßen bedeckt und die Stadt plötzlich so hübsch wie nie aussehen lässt, zwei Wintern, in denen im Radio davor gewarnt wird, das Auto zu benutzen, auch das Fahrrad solle man stehen lassen und am besten Schuhe mit gutem Profil tragen, denn Blitzeis könne entstehen, nach diesen zwei Wintern hört das nächtliche Fortgehen meiner Mutter auf.

Meine Mutter bleibt nun abends zu Hause, sie sitzt im engen Kleid im Wohnzimmer, die Fingernägel frisch lackiert, das Rot leuchtet im Schein der kleinen Lampe. Sie trägt den schmalen, goldenen Ring mit dem weißen Stein nicht mehr, er liegt in ihrem Schmuckkästchen zwischen Ketten und Ohrringen. Meine Mutter liest in einem Buch, blättert in einer Zeitschrift und schaut kurz auf, wenn ich »Gute Nacht« sage.

Es klingelt an der Tür, ich wache auf und lausche in die Dunkelheit, im Flur das unterdrückte Lachen meiner Mutter, schwere Schritte auf dem Holzboden, erst wird die Wohnungstür geschlossen, dann die Küchentür, dann nur noch Stille. Der Duft von gebratenem Fleisch und angedünstetem Gemüse kriecht unter meiner Zimmertür hindurch.

Am nächsten Morgen sehe ich dunkelbraune Lederschuhe ordentlich in unserem Schuhregal stehen, ein schwarzer Wollmantel hängt an der Garderobe, darüber ein karierter Schal.

ICH HÖRE DAS ALLES zum ersten Mal und ich bin weder überrascht, noch bin ich völlig gleichgültig. Ich würde einfach nur gerne mit meinem Vater sprechen.

Camille wartet auf eine Antwort von mir, auf irgendein Zeichen, aber ich bin von ihren Worten und Sätzen gelähmt. Sie, die vor mir in ihren teuren Kleidern und mit ihren beerenrot geschminkten Lippen in dieser alten Bootshalle steht, sie sieht aus wie ein Model aus einer Modezeitschrift, wie eine Frau, die ich in der Pension in einen Ordner geheftet habe.

Wie oft er hier gewesen sei und was er hier gemacht habe, frage ich, und Camille scheint erleichtert darüber, dass ich überhaupt spreche. Fast jeden Sommer sei er ein bis zwei Mal hier gewesen, immer nur wenige Tage. Zuerst mit seinem Zelt, dann irgendwann im Fischerhaus. Als er das Haus gekauft hatte, fotografierte er es mit einer Polaroidkamera, um es meiner Mutter zu zeigen. Er vergaß das Bild in der Bar du Matin, und Camille hängte es mit einer Stecknadel über das Telefon hinter den Bartresen.

Jedes Frühjahr, wenn sie sich trafen, hatte er eine neue Idee. Mal dachte er an eine Bar, was er aber schnell verwarf, schließlich wollte er nicht zu ihrer Konkurrenz werden, mal dachte er an eine Buchhandlung mit Bistro, die er meiner Mutter schenken wollte, dann an einen Eisladen, den man nur im Sommer betrieb, um dann den Winter wieder in Deutschland im Schnee zu verbringen, mal dachte er an einen Blumenladen, in dem man nur Hortensien kaufen könnte. Schlussendlich habe er nie irgendeine dieser Ideen ernsthaft weiterverfolgt. Auch nach dem Urlaub mit meiner Mutter und mir sei er immer wieder gekommen, immer allein. Zusammen zogen sie über die Flohmärkte der Umgebung, suchten nach schönen Dingen für Camilles Bar und sein Haus. Abends habe er *Moules Frites* gegessen oder Fisch, den Seeteufel habe er am meisten geliebt. Er erzählte ihr von seinem Leben in Deutschland, er erzählte ihr alles. Das Prasseln des Regens wird leiser. Als mein Vater seinen letzten Job verlor und es ihm in den folgenden Jahren immer schlechter ging, kam er kaum mehr nach Coulard, sagt Camille. Irgendwann kam er gar nicht mehr. Das letzte Mal sei er vor einem längeren Klinikaufenthalt hier gewesen. Er kaufte im Blumenladen die größte und ausladendste Hortensie, die er bekommen konnte, und lud sie in den Kofferraum seines Autos. Was er damit wolle, fragte sie ihn. Ein Stück Bretagne mitnehmen, sagte er, ein kleines bisschen Küstenidyll. Er umarmte sie. Dann stieg er ins Auto und startete den Motor.

Der Regen hat die Erde aufgeweicht, mit den Sandalen versinke ich im Schlamm. Camille muss zurück in die Bar.

»Weißt du, wo Julie ist?«, frage ich, »sie hat schon zwei Nächte nicht mehr im Haus geschlafen.« Camille schüttelt den Kopf, »sie war nicht in der Bar.« Sie sieht nicht so aus, als würde sie sich um Julie Sorgen machen. Sie umarmt mich fest zum Abschied. »Euer Vater war ganz besonders«, sagt sie, ihre Hände auf meinen Schultern schaut sie mir in die Augen. Dann küsst sie mich auf die Wange.

IM FLUR LIEGEN ÜBERALL Kleider und Schuhe. Meine Mutter steht knietief in den Stoffbergen und durchwühlt sie. Sie brauche das alles nicht mehr, sagt sie, sie wolle Raum für uns schaffen, Raum für etwas Neues, Raum bedeute Freiheit, sagt sie, es klingt euphorisch. Auch das rote Kleid mit den gelben Punkten, aus dem ich herausgewachsen bin, liegt im Flur. Ich will es aus einem Haufen ziehen, meine Mutter nimmt es mir wieder aus der Hand. »Etwas Neues!«, sagt sie, »das betrifft auch dich, Juno.«

Am Tag darauf stehen Plastiktüten der großen Bekleidungs- und Schuhgeschäfte aufgereiht in unserem Flur. Neue Kleider, neue Schuhe.

Abends liege ich im Bett und höre das Dröhnen der Bässe aus dem Wohnzimmer. Meine Mutter hat wieder Besuch. Sie hat kurz den Kopf durch meine Tür gestreckt und »Gute Nacht« gesagt, dabei ist es noch gar nicht so spät.

Die Nachbarn klopfen gegen die Wände.

In meiner Vorstellung sehe ich meine Mutter und den Mann am Balkon stehen und rauchen, sehe, wie meine Mutter ihren Kopf an seine Schulter lehnt, dabei den Rauch ausbläst. Ich weiß nicht, wo sie ihren Besuch kennengelernt hat, ich weiß nicht, wie er aussieht, kenne sein Gesicht nicht, nicht seine Körpergröße, weiß nicht, ob er gerne lacht. Vielleicht ist es auch jedes Mal ein anderer Mann, der abends klingelt und mit dem sich meine Mutter erst in die Küche und dann ins Wohnzimmer verzieht. Ich stelle mir vor, wie meine Mutter ihre Zigarette im Blumentopf ausdrückt, ins Wohnzimmer geht und anfängt, in der Mitte des Raumes mit geschlossenen Augen zu tanzen, es ist ihr egal, dass die Musik zu laut ist. Der Mann bleibt an der Balkontür stehen und sieht ihr zu.

Es klingelt an der Tür, jemand läuft durch den Flur, reißt die Tür auf. Meine Mutter, die »Ja?« sagt, eine genervte Männerstimme. Die Musik wird leise gedreht.

Nachts träume ich von einer Leiche, die ich im Innenhof unseres Hauses finde. Ihr Verwesungsprozess hat schon eingesetzt. Ich rufe meine Mutter. Als sie auf den Hof tritt, ist die Leiche verwest, nur noch das Skelett ist übrig. Gemeinsam kehren wir mit einem Besen die Knochen zusammen und werfen sie in die Mülltonnen. Wir sehen uns um, ob uns jemand beobachtet, doch da ist niemand. Meine Mutter schaut mich an, als wären wir Komplizinnen.

ICH ERINNERE MICH, wie mein Vater sagte, er sei auf Geschäftsreise. Er habe für seine Firma Termine, er müsse wieder los. Meine Mutter und ich warteten im Garten, auf der Terrasse oder in ihrer Buchhandlung auf ihn. Die Tage vergingen nur zäh, schoben sich wie dickflüssiger Sirup voran. Wenn mein Vater manchmal aus einem anderen Land mit einer fremden Vorwahl anrief, spürten wir, dass meine Mutter und ich ohne ihn nur zu zweit waren und nicht komplett.

Wenn ich versuche, mich zu erinnern, welchen Beruf mein Vater hatte, komme ich nicht weit. Ich kann nicht auseinanderhalten, ob er von verschiedenen Berufen sprach, die er gleichzeitig ausführte, oder ob ein Beruf diese Abwechslung brachte.

Manchmal trug er morgens richtige Arbeitskleidung, blaue Stoffhosen und grobgestrickte Pullis, manchmal aber auch nur Jeans und ein gebügeltes Hemd, manchmal hatte er einen Nadelstreifenanzug an. Ich erinnere mich daran, dass er abends erzählte, wie es im Büro gewesen sei, andere Male erzählte er, wie es in fremden Häusern war. Oft war er aber mittags, wenn ich nach Hause kam, schon da, saß im Wohnzimmer auf der Ledercouch und sah fern oder spielte Tetris oder sah aus dem Fenster. Manchmal weckte er mich morgens nicht und fehlte am Frühstückstisch, er fuhr mich nicht zur Schule, obwohl wir es ausgemacht hatten.

Später leerte ich sein altes Portemonnaie, das der Bestatter meiner Mutter gegeben hatte. Ich saß auf dem Boden und breitete den Inhalt um mich herum aus, Zehncentstücke und Visitenkarten, auf denen der Name meines Vaters und eine Telefonnummer, aber weder eine Abteilung noch eine Funktion zu lesen waren.

DIE TÜR ZUM SCHLAFZIMMER meiner Eltern ist noch geschlossen. Die Morgensonne hat den Dielenboden im Flur angewärmt. Im Nachthemd hüpfe ich die Treppe herunter, vielleicht gibt es noch ein Stück Aprikosensahnetorte und ein Glas Rhabarberschorle zum Frühstück. Ich sehe mich im Flurspiegel, meine Lippen rot von gestern Abend, der Lippenstift in den Mundwinkeln leicht verschmiert. In der Küche stehen übereinandergestapelte Teller mit Essensresten neben rotweinbefleckten Gläsern neben schmalen Flaschen Holunderblütensirup, die um die Hälse gebundenen rosafarbenen Schleifen sind verklebt. Die Sonne scheint trüb in die Küche. Es riecht nach kaltem Rauch und gebratenem Speck, ich reiße das Fenster auf.

Mit einem Stück Torte und einem Glas in der Hand setze ich mich auf die Terrasse und fange an zu essen. Im Gras liegen Fetzen von Papierservietten, daneben stehen leere Proseccoflaschen, die weißen Tischdecken hängen schief auf den Stehtischen, heute Nacht hat niemand mehr aufgeräumt. Die Sonne wärmt meine Knie und mein Gesicht. Die Katze kommt angehumpelt. Sie streicht mit ihrer Nase an meinem Bein entlang, will gekrault werden.

Ich sitze auf der Terrasse und der Himmel ist blau, die Sonne wandert ihrem Mittagsstand entgegen. Meine Mutter, die im weißen Spitzennachthemd aus dem Haus kommt, mit zerzausten Haaren und suchendem Blick. Ob ich meinen Vater gesehen habe, fragt sie und sieht mich kaum an, sie durchkämmt mit ihren Augen den Garten. »Nein«, sage ich, »ich dachte, ihr schlaft noch.« Dass er gestern nicht mehr rausgekommen und das ganze Fest umsonst gewesen sei, sagt sie. Sie fragt, ob das Telefon geklingelt habe. »Nein«, sage ich.

Wir erinnern uns an den Winter, als mein Vater im Schnee verschwunden war. Meine Mutter sorgte sich, und wenig später stand er im Garten, die Russenmütze auf dem Kopf, Tannenzweige im Arm.

Wir warten darauf, dass mein Vater zurückkommt, dass er das Tor öffnet, dass er durch die Haustür spaziert, einen Strauß sonnengelbe Magnolien im Arm. Wir warten darauf, dass er uns umarmt und das Haar meiner Mutter einatmet.

Niemand läutet an der Tür, das Telefon klingelt nicht. Dieses Mal ist es anders. Mein Vater kommt nicht durch das Tor. Es passiert einfach nichts. Wir sitzen auf der Treppe zum Haus und warten. Langsam drängt sich ein komisches Gefühl im Bauch auf, ein Gefühl zwischen Hunger und Übelkeit, ein Gefühl, das ich noch nie gespürt habe, das Gefühl, dass das Warten umsonst ist.

ICH MACHE DAS HAUS DRECKIG, schlüpfe schnell aus den Sandalen. Ich weiß nicht, warum meine Mutter mir nie etwas von den Geheimnissen meines Vaters erzählte. Sie musste doch wissen, dass ich eines Tages alles erfahren würde. Vielleicht war es die Angst, die meine Mutter dazu trieb, mir zu verschweigen, dass es noch jemanden gibt, die Angst davor, dass sich unser Leben ein weiteres Mal hätte verändern können.

Ich reiße die Schranktüren auf, erst die oberen, dann die unteren, ich suche die Erdbeermarmelade. Auf der Kommode steht das Glas, ich nehme es und setze mich an den Tisch. Ich löffle die Marmelade langsam, bis kein Rest mehr im Glas ist.

Ich sehe meinen Vater im Frühlingslicht vor mir stehen. »Komm jetzt, Juno«, sagt er, »lass uns Schwimmen gehen oder Tennis spielen.« Ich strecke ihm die Hand entgegen und warte darauf, dass er sie nimmt und mit mir in die Küche geht, doch er tut es nicht. Warum er nichts gesagt habe, frage ich, warum ich hierherfahren musste, um alles selbst herauszufinden, rufe ich lauter, ich höre Wut in meiner Stimme, aber er antwortet nicht. Ich schließe die Augen und warte, dass er verschwindet, sein Bild aus meinem Kopf, seine Stimme aus meinem Ohr.

Als ich die Augen wieder öffne, ist mein Vater weg. Ich setze mich auf einen Stuhl, lege den Kopf auf meine Hände und warte darauf, dass die Marmelade in meinem Magen rebelliert.

MEINE MUTTER DURCHSUCHT ihr Telefonbuch nach Nummern, die sie schon lange nicht mehr angerufen hat. Sie telefoniert mit Leuten, die gestern Abend in unserem Garten Häppchen und Torte gegessen haben, sie telefoniert stundenlang, wählt, sobald sie aufgelegt hat, sofort die nächste Nummer, aber niemand weiß etwas. Meine Mutter, die im Gesicht immer blasser wird. Ich bringe ihr einen Pullover, den sie sich überstreift. Ich koche Tee, gieße das heiße Wasser in die kleine, gusseiserne Kanne und stelle sie vor meiner Mutter auf den Küchentisch, an dem sie schon seit Stunden sitzt. Ich öffne die Haustür, gehe über den Schotterweg zum Tor und halte Ausschau. Es dämmert bereits.

Meine Mutter geht in den Keller, ich war noch nie in unserem Keller, ich weiß nicht, wie es dort aussieht, meine Mutter drückt die Klinke herunter und knippst den Lichtschalter an, ich bleibe im Flur stehen und sehe ihr nach, wie sie die Stufen hinunter in den Keller geht, aus meinem Blickfeld verschwindet, wie sie kurze Zeit später wieder hochkommt, wie sie an mir vorbei ins Leere sieht, ihr Gesicht aschfahl, wie sie ins Bad geht und die Tür hinter sich zuzieht, ich höre Würgegeräusche, dann die Klospülung, sie kommt wieder heraus und sagt, dass mein Vater tot sei, mir wird schwindelig und ich sehe plötzlich alles wie durch einen Schleier, sehe meine Mutter wie hinter Butterbrotpapier, sehe, wie sie zum Telefon greift, eine Nummer tippt und etwas sagt, das ich nicht verstehe, ihre Stimme kommt nicht mehr bei mir an.

Wie in Zeitlupe gehe ich ins Wohnzimmer. Ich weiß nicht, was ich sagen soll, meine Mutter telefoniert, ich kann sowieso mit niemandem sprechen. Auf dem Tisch stehen die fünf Marmeladegläser mit den karierten Stoffdeckeln, die Marmelade, die ich meinem Vater zum Geburtstag geschenkt habe, Holunder, Rhabarber und Himbeer. Die Katze kommt ins Wohnzimmer und bleibt neben dem Tisch stehen. Ich fege das Glas Holundergelee über die Tischkante, ein Knallen und das Geräusch von zerbrechendem Glas, das gleich gedämpft wird von dem Gelee, das die Scherben auffängt. Die Katze rennt aus dem Wohnzimmer, auf ihrem Rücken Marmeladespuren. Ich fege die Rhabarbermarmelade über die Tischkante, dann die Himbeermarmelade, immer folgt ein Knallen. Auf dem Boden fließt die Marmelade weich ineinander über, die Farben wie die eines Aquarellbilds.

Ich höre Mutters Stimme im Flur, höre, wie sie eine Tür schließt. Ich hole aus der Küche einen Teelöffel, setze mich mit den beiden letzten Marmeladegläsern an den Tisch. Ich löffle die Himbeermarmelade leer, löffle das Glas mit Rhabarbermarmelade leer, ich löffle sie nach und nach aus, bis mir schlecht ist und ich wie meine Mutter ins Bad rennen muss, weil mein Magen den süßen Brei nicht verträgt.

JULIE LIEGT MIT GESCHLOSSENEN Augen auf einer Decke im Garten, eingewickelt in Pullover und Wollschal. Ich stehe vor ihr, meine Gestalt wirft einen Schatten quer über ihr Gesicht. Als sie nicht aufwacht, spreche ich sie an, doch sie reagiert nicht. Ich trete ganz nah an sie heran, puste erst in ihr Gesicht, dann an ihren Hals. Sie öffnet ihre Augen und rappelt sich langsam auf, sitzt müde vor mir. Dass sie wieder hier sei, sagt sie, und auch hier bleibe.

Julie fasst sich an die Stirn. Sie glaube, dass sie krank sei, ihre Stimme ist kratzig. Es ist merkwürdig, Julie so zu sehen, sie wirkt hilflos und schwach. »Wo bist du denn gewesen?«, frage ich, aber sie antwortet nicht, sie sagt nur: »Ist Jan wieder da?« Ich schaue zum Haus gegenüber, zu den geschlossenen Fensterläden. Nein, sage ich, er sei immer noch weg.

Wir gehen ins Haus und Julie legt sich auf eine Matratze. Ich presse Zitronen aus, die noch von der Party übriggeblieben sind, ich erhitze den Saft zusammen mit etwas Wasser in einem kleinen Topf, gebe Zucker hinzu. Als ich Julie den Zitronensaft in einer Tasse serviere und frage, ob ich Jan anrufen soll, schüttelt sie den Kopf. Sie habe seine Handynummer gar nicht, sagt sie, sie wisse gar nicht, ob er überhaupt ein Handy besitze, sie wisse nicht, wie man ihn erreichen könne, wenn er nicht in seinem Haus sei.

LENA GIBT DAS STARTSIGNAL. Wir sitzen auf unseren Fahrrädern in einer Reihe, drei Jungs aus meiner Klasse und ich, am Anfang eines Feldwegs. Lena steht in zehn Metern Entfernung, sie streckt die Arme in die Höhe und zählt von vier auf null. Sie lässt die Arme heruntersausen und schreit »Los«. Wir treten heftig in die Pedalen. Ich höre Lena, wie sie mich anfeuert, und hinter mir das Keuchen der drei Jungs, die versuchen, mich einzuholen. Das Pochen meiner Schläfen. Ich spüre die Blicke der Jungs an meinem Rücken kleben, sie versuchen, das Tempo zu halten. Ich trete und trete. Wer zuerst an unserem alten Haus ist, gewinnt.

Ich sehe das Schlagloch im Boden, doch als ich ausweichen will, ist es zu spät. Ich pralle mit dem Kopf auf den Lenker, meine Beine verkeilen sich zwischen den Speichen. Ich spüre, wie etwas Warmes am Kinn entlangläuft. Ich höre die Jungs aufgeregt murmeln. Einer der drei steigt auf sein Fahrrad und fährt los, um Hilfe zu holen, die anderen beiden versuchen, mir mit ihren T-Shirts das Blut von Kinn und Hals zu wischen, sie versuchen, mich aus dem Fahrrad zu befreien.

Im Krankenhaus näht mir der Arzt mit vier Stichen die Wange zu. Eine Narbe werde zurückbleiben, sagt er, und dann fügt er hinzu, dass er meine Schneidezähne nicht wieder einsetzen könne. Ein großes Pflaster verdeckt eine Hälfte meines Gesichts.

Meine Mutter holt mich mit dem Taxi ab. Zu Hause steht das Fahrrad vor unserem Haus, die Eltern der Jungs müssen es dort hingebracht und abgestellt haben. Ich schiebe es in den Hof und stelle es neben die Räder der anderen Hausbewohner.

Drei Tage später darf ich wieder in die Schule gehen. Ich fahre mit dem Fahrrad. Meine Mitschüler gucken ehrfürchtig, als ich ihnen das Loch zwischen meinen Zähnen zeige.

Ich bekomme Zahnimplantate. Dass meine Schneidezähne nicht echt sind, sieht man nicht. Doch die Narbe auf der Wange bleibt, eine vier Zentimeter lange Linie, die meinen Mund verlängert.

MARSEILLE SEI SANDSTEINFARBEN, im Sommer wie im Winter, sagt Julie. Ich sitze auf ihrer Matratze und habe einen Tee in der Hand, der mich wärmt, es ist kalt geworden im Haus. Ich wünsche uns jemanden, der gesundmachende Suppe kocht, der dafür sorgt, dass die Heizung funktioniert, der Julie fragt, wie es ihr geht und was sie braucht.

Als ich sie gefragt habe, ob ich ihre Mutter anrufen soll, damit sie kommt und sie abholt, hat sie sofort Nein gesagt. Warum, habe ich gefragt, und Julie hat den Kopf zurück auf das Kissen gelegt, sie sah aus wie eine aufgebahrte Tote, und dann hat sie gesagt: »Ich erzähle es dir.«

Die Häuser in Marseille haben die Farbe von goldenem Sand, die durch die Sonne noch potenziert würde, erzählt Julie. Sie wohnte mit ihrer Mutter am alten Hafen, von ihrem Zimmer aus konnte sie die Segelboote sehen und die Möwen kreischen hören. Wenn die Fischer morgens ihren Fang auf Plastiktischen auslegten, versammelten sich die Möwen über dem Hafenbecken und bettelten lauthals darum, etwas vom Fisch oder von den Muscheln zu bekommen. Nachmittags klopften die Fischer die Reste von den Tischen, stiegen in ihre Autos und verschwanden. Die Möwen landeten im Sturzflug auf dem Platz und fraßen alles auf, was übrig geblieben war.

Manchmal sei sie am Fenster gestanden und habe auf den Hafen hinuntergesehen, sagt Julie. Sie träumte davon, dass ihr Vater mit einem Segelboot im Hafen anlegen würde. Sie würde ihm winken und ihn dann unten am Hafen empfangen, so, wie sie es schon einmal vor sehr langer Zeit getan hatte, als er ihr eine Schneekugel schenkte. »So kalt wird es in Deutschland, dort schneit es sogar, siehst du«, sagte er, als er die Schneekugel schüttelte und sie ihr gab. Es war das einzige Mal, dass er zu Besuch war.

Julies Wangen sind rot, sie glüht. Sie selbst könne sich

an diesen Tag gar nicht erinnern, sagt sie. Sie wollte nur immer und immer wieder mit ihrer Mutter zusammen das Foto anschauen, das an diesem einen Tag entstanden war. Langsam seien die Erinnerungen ihrer Mutter so auch zu Julies Erinnerungen geworden.

»Die Geschenke waren immer schön verpackt, mit glitzernden Perlen und seidenen Schleifen«, sagt Julie, und ich stelle mir einen kurzen Moment vor, dass mein Vater ihr Jahr um Jahr Geschenke schickte. »Meine Mutter hat wochenlang überlegt, erst, was sie mir schenken wollte, und dann, mit welchem Papier sie das Geschenk verpacken könnte«, erzählt Julie weiter. Sie habe alles bekommen, sie feierte die größten Kindergeburtstage. Nur eines bekam sie nicht, so sehr sie es sich auch wünschte, und zwar Besuch von ihrem Vater.

Wenn Julie auf eine Verkleidungsparty eingeladen war, ließ ihre Mutter Prinzessinnenkleider für sie schneidern. Sie durfte ihre Kindermädchen selbst aussuchen. Als Zwölfjährige musste sie fünf Stunden vor einem Maler auf einem Stuhl ausharren, das Gemälde hängte die Mutter anschließend ins Wohnzimmer. Wenn ihre Mutter abends aus der Arztpraxis nach Hause kam, fragte sie Julie, was sie zu essen bestellen solle oder ob das Kindermädchen etwas gekocht habe. Zusammen saßen sie vor dem Fernseher, und ihre Mutter rutschte auf dem Sofa immer mehr nach unten, wenig später schlief sie neben ihr ein.

Manchmal habe Julie etwas zerstört. Wenn sie abends den Schlüssel in der Tür hörte, wartete sie in ihrem Zimmer, bis die Mutter fragend rief, was denn hier los sei, warum ihre Tasse oder die Kaffeemaschine kaputt sei, warum der Wollschal sich auflöse. Julie ließ sich die Sonne auf das Schulterblatt stechen, da war sie noch nicht einmal sechzehn. Ein paar Tage später sah die Mutter sich die Sonne an, fuhr mit den Fingern drüber. Sie lobte das schöne Motiv und fragte, wie viel das Tattoo gekostet hatte.

Ihre Mutter hatte nie diesen Ton in der Stimme gehabt, den Julie von den Eltern ihrer Freundinnen kannte, wenn die Töchter zu stark geschminkt waren, wenn sie zu spät zum Abendbrot kamen oder schlechte Noten nach Hause brachten, wenn sie vergaßen, zur ersten Stunde in die Schule zu gehen. Julie wartete auf eine Ohrfeige oder wenigstens darauf, dass die Stimme ihrer Mutter vom Schimpfen heiser würde, aber nichts von alledem passierte.

Ich stelle mir Julies Mutter vor. In Gedanken schneide ich die Frau auf dem Hafenfoto aus und mache sie etwas älter, ich stelle sie in ein Wohnzimmer mit Möbeln aus dem Antiquariat, Einzelstücke. Ich stelle meine Mutter neben sie, meine Mutter aus der Zeit, in der wir in der Pension und später in der neuen Wohnung in der Stadt lebten. Ich frage mich, worüber sie sich unterhalten würden, wenn sie denn jemals miteinander reden würden.

Julie beugt sich vor und ich reibe ihren Nacken mit dem warmen Waschlappen ab. Ich schiebe ihren Pullover am Rücken hoch, fahre ihre Wirbelsäule entlang, ihren Rücken, schaue mir ihr Sonnentattoo auf dem Schulterblatt an. Ob ich das Radio anstellen könnte, fragt sie, es sei so leise hier.

AUF DEM FRIEDHOF IST ES immer still. Ich trage einen Topf mit Hortensien zum Grab, heute in blau. Wenn es sie im Blumenladen gibt, kaufe ich immer Hortensien für meinen Vater. Die Verkäuferinnen im Blumenladen kennen meinen Namen und manchmal schenken sie mir noch eine einzelne Blume, eine Sonnenblume oder Magnolie, die ich auch aufs Grab lege. Wenn mein Taschengeld nicht reicht, nehme ich aus dem Haushaltsportemonnaie meiner Mutter in der Küche ein paar Münzen.

Auf dem Weg zum Grab begegnen mir nur alte Leute, als wäre ich die einzige junge Person in der ganzen Stadt, die jemanden auf dem Friedhof besucht. Ich bleibe auch vor Gräbern von Leuten stehen, die ich gar nicht kannte. Ich lese die Grabinschriften und die Todesdaten und manchmal stelle ich mir vor, wie derjenige war, der dort liegt, ob er gemocht wurde, wie viele Menschen auf seiner Beerdigung waren, wie er gestorben ist und ob sein Grab häufig besucht wird. Auf einem dieser Gräber sind links und rechts Tannen gepflanzt, sie sind sehr hoch gewachsen und schon richtige Bäume. Im Winter ist dieses Grab immer besonders schön geschmückt, obwohl der Todestag schon zwanzig Jahre zurückliegt. An den Tannen hängen kleine Geschenke und Christbaumkugeln, manchmal brennen Kerzen. Auf dem Grabstein stehen die Namen einer Frau und eines Mannes, beide sind nur 19 geworden, sie haben den gleichen Todestag. Ein Liebespaar, denke ich, ein Unfall.

Ich stelle mir vor, wie ich in zwanzig Jahren noch immer Hortensien ans Grab meines Vaters bringe, dass ich in einem seriösen, dunklen Mantel und mit zarten Falten um die Augen vor dem Grabstein stehe, auf dem noch immer der kleine Frosch aus Bronze sitzt, ich stelle mir vor, dass ich auch in zwanzig Jahren noch an dem Grab des jungen Paars stehen bleiben werde, als lägen dort alte Bekannte.

DER VATER, DEN ICH vor mir sehe, ist etwa in meinem Alter, vielleicht etwas älter. Er steht in einer kleinen Küche. Er leuchtet. Er nimmt die Kanne mit dem blubbernden Kaffee vom Herd, schenkt ihn in zwei kleine Tassen ein. Er ruft einen Namen, den ich nicht verstehe. Eine Frau betritt die Küche, sie summt ein französisches Lied, auch sie leuchtet. Sie nimmt die Tasse, die ihr mein Vater reicht. Er streicht ihr das Haar aus dem Gesicht, sie lächeln sich an. Sie müsse nachher noch zur Uni, sagt sie und trinkt einen Schluck, ob er auch noch ein Seminar habe. Er gehe zum Sprachkurs, sagt er und stellt seine leere Tasse auf den Tisch. Sie verlassen das Haus. Mein Vater schwingt sich auf eine Vespa, die Frau setzt sich hinter ihn, ihre langen Haare schauen aus dem Helm hervor. Der Auspuff stottert, als sie auf der Hafenstraße der Sonne entgegenfahren. Sie fahren nicht weit. Sie parken auf einem Fußgängerweg, stellen die Vespa an einem Geländer ab. Arm in Arm gehen sie am Hafenbecken und den Fischern entlang, die ihre Ware auf Tischen ausgebreitet haben. Über ihnen kreischen die Möwen. Die Frau springt auf Vaters Rücken, er trägt sie ein Stück, sie rutscht wieder herunter und lacht laut. Mein Vater holt ein paar Brotkrumen aus der Hosentasche hervor und wirft sie vor sich auf den Boden, sofort tauchen ein paar neugierige Katzen auf.

»HEUTE UM 15 UHR HAST du einen Termin bei einer Kinderpsychologin«, steht in der Handschrift meiner Mutter auf einem Zettel, der in der Küche auf dem Tisch liegt. Dann steht da noch die Adresse, die Praxis ist hier um die Ecke. Ich gehe hin. Ich will meiner Mutter zeigen, dass ich eine Tochter bin, die alles versucht.

Die Psychologin sieht reich aus. Ihre rotgeschminkten Lippen, ihre gelockten Haare, die sanft auf ihren Schultern liegen. Sie könnte jetzt auch ins Theater oder auf ein Konzert gehen. Ich setze mich in einen Sessel, sie sitzt mir gegenüber. In der linken Zimmerecke brennt eine kleine Lampe, rechts von mir steht ein Bücherregal, davor ein Tisch mit Playmobilfiguren. »So, Juno, jetzt kannst du mir erzählen, was bei dir passiert ist«, sagt die Psychologin. Ich sage nichts. Die Psychologin hat ein kleines Ringbuch in der Hand, in das sie sich etwas notiert. Sie stellt die Frage erneut. »Du bist jetzt mit deiner Mutter allein, das weiß ich schon mal. Was fühlst du, wenn du an deinen Vater denkst?« Ich mag die Frau nicht. Sie sollte lieber einkaufen gehen und sich ein paar neue Schuhe oder einen neuen Blazer kaufen. Die Psychologin denkt sich etwas Neues aus. »Ich habe hier einen Tisch«, sagt sie, »hier hast du Spielfiguren. Du kannst jetzt mit diesen Figuren ein Bild malen.« Sie nimmt selbst ein paar der Figuren in die Hand und schaut sie sich an. Ich denke, dass sie jetzt meine Familie sehen will, also stelle ich zwei Figuren für meine Mutter und mich hin, und eine dritte, die steht für den Besuch meiner Mutter. Der Mann und die Mutter stehen beisammen und blicken in die gleiche Richtung, das Mädchen steht ein paar Schritte hinter ihnen und schaut auf ihre Rücken. Ich erzähle der Psychologin, was ich mir dabei gedacht habe. Sie nickt und macht sich Notizen.

»Was ist diese Woche bei dir passiert?«, fragt die Psychologin bei der nächsten Sitzung, ein erwartungsvoller Blick liegt in ihren Augen. Ich antworte nicht, auch sie schweigt. »Ich rede lieber mit meinen Freundinnen über das, was bei mir passiert ist«, sage ich irgendwann. Ich lüge. Ich weiß nicht, ob die Psychologin merkt, dass es eine Lüge ist. Ich habe mit niemandem aus der Schule darüber gesprochen, auch nicht mit Lena. Mehr sage ich heute nicht.

Zu Hause wartet meine Mutter auf mich. »Die Psychologin hat angerufen«, sagt sie, »sie schlägt vor, dass wir die Therapie abbrechen.«

IN MEINER ERINNERUNG SIND WIR drei, meine Mutter, mein Vater und ich. Ich erzähle Julie von unserem Haus, von unserem einzigen Urlaub, vom Sport, den mein Vater bis zur Erschöpfung treibt, von der Klinik, von der Überraschungsparty zum Geburtstag meines Vaters, vom Keller und den Gürteln, die meine Mutter wegschmeißt, von der Marmelade.

Ich erzähle ihr von der »Liste der unerfüllten Wünsche«, die ich schreibe, als wir in der Pension leben. Ich bewahre die Liste in der Keksdose auf, in der ich früher Taschengeld sammelte. Immer wieder kommt ein Wunsch dazu, den ich mit meinem Füller auf die Liste schreibe.

Wieder in unserem Haus leben. Die Katze soll die Pension finden. Sonnenurlaub mit meiner Mutter.

Julie hört zu und sagt kein Wort. Sie sieht aus, als würde sie schlafen. Nur manchmal nickt sie leicht mit dem Kopf.

In meiner Erinnerung sind wir zwei, sind wir eins plus eins. Ich erzähle von meiner Mutter, die im Licht der Laternen über die regennasse Straße eilt, und ich erzähle von mir, die mit dem Fahrrad in einem Schlagloch hängen bleibt, ich erzähle von mir, die im Pausenhof die Feuerkäfer und Regenwürmer auf dem Boden zerquetscht. Ich erzähle Julie von Anna, meiner Halbschwester, und von meiner eigenen, kleinen Wohnung.

»ICH HABE JEMANDEN KENNENGELERNT«, sagt meine Mutter. Sie ist ganz schmal an den Hüften und hager im Gesicht. »Hallo Juno«, sagt der Freund meiner Mutter. Er steht im Flur, zieht seine Schuhe aus und bleibt.

»Wir haben genug Platz in der Wohnung«, sagt meine Mutter, »wir sollten nur die Zimmer neu aufteilen.« Sie und ihr Freund bekommen zusammen ein Schlafzimmer und ein Arbeitszimmer, mein bisheriges Zimmer mit dem Balkon wird zum Wohnzimmer. Ich bekomme das hinterste Zimmer in der Wohnung, mit einem Fenster und ohne Balkon. Es hat keinen Zweck, sich zu wehren. Wir legen Teppiche und Decken unter die Möbel, die wir verrücken und durch die Zimmer schieben. Unsere Wohnung, die wir zu einer ganz anderen machen. Eine Wohnung, in der ich abends nicht mehr durch die Zimmer gehe oder in der Küche noch einen Früchtetee trinke, eine Wohnung, in der ich nicht mehr auf das Klingeln an der Tür lausche, abends um halb zehn. Ich gehe jetzt früher ins Bett. Ich habe das Gefühl, dass ich störe, wenn ich abends in meinem Schlafanzug und Zähne putzend durch unsere Wohnung gehe.

Ich habe Angst vor einem Einbruch, davor, dass uns jemand alles nimmt, was wir noch besitzen. Manchmal wache ich nachts auf und höre ein Geräusch, ein Kratzen an der Wohnungstür. Vielleicht die Katze, denke ich, sie hat uns gefunden. Ich kann nicht wieder einschlafen. Ich muss mich vergewissern, dass wirklich niemand ein Stemmeisen zwischen Tür, Rahmen und Schloss schiebt, dass es wirklich nicht die Katze ist, die an der Tür scharrt.

Ich stehe auf, werfe die Bettdecke zur Seite und öffne die Zimmertür, alles ist dunkel, durch die Küchentür fällt etwas Mondlicht in den Flur. Mich an der Raufasertapete entlangtastend, gehe ich an Mutters Schlafzimmer vorbei, in dem auch ihr Freund liegt. Seit er bei uns wohnt, ist die Tür geschlossen und nicht mehr angelehnt wie früher. Am anderen Ende des Flurs bleibe ich vor der Wohnungstür stehen. Ich lege mein Ohr an die Tür. Da ist nichts. Ich höre nur mein eigenes Atmen. Ich will sichergehen und drehe den Schlüssel im Schloss, öffne die Tür einen Spalt, der gerade breit genug ist, dass ich durchschauen kann. Es ist ganz still, das Licht im Hausflur brennt, ich sehe niemanden.

Ich habe Angst vor einem Feuer, davor, dass ein Wohnungsbrand alles zerstört, was wir noch besitzen, dass die Wohnung vollständig ausbrennt und die Asche der einzige Beweis dafür ist, dass wir dort einmal gelebt haben.

In der Keksdose sammle ich kein Taschengeld mehr, sondern alles, was mir wichtig ist. Ich lege die ›Liste der unerfüllten Wünsche‹ hinein, gepresste Blumen, den Delfin aus Speckstein, ich nehme das Foto von meiner Mutter, meinem Vater und mir aus dem Portemonnaie, auf dem wir im Wohnzimmer vor dem Weihnachtsbaum sitzen, auf dem wir durch einen Knick getrennt sind. Die Keksdose packe ich in einen blauen Rucksack, den ich neben die Tür stelle. In den Flur hänge ich einen Zettel: »Wenn es brennt, bitte meinen blauen Rucksack mitnehmen. Danke!«.

Aber es brennt nicht und es bricht auch niemand ein, alles bleibt, wie es war. Nur ein bisschen enger ist die Wohnung geworden, seit wir zu dritt darin wohnen. Wenn ich dem Freund meiner Mutter im Flur begegne, schiebe ich mich mit dem Rücken zur Wand an ihm vorbei und achte darauf, ihn nicht zu berühren.

ICH PUTZE DAS HAUS. Julie schläft tief und fest, sie wacht nicht auf, nicht vom Klirren des Geschirrs, als ich es abwasche, nicht vom Staubsauger, mit dem ich die Zimmer im Erdgeschoss säubere, sie wacht auch nicht auf, als ich die Haustür öffne, ein Windstoß durch das Haus fegt und eine Tür knallen lässt.

Unter der Küchenspüle finde ich den Farbeimer und einen Pinsel. Ich streiche die Haustür in Seegrün und streiche auch noch einmal die Fensterläden, damit die Farbe kräftiger strahlt. Ich denke daran, wie es wäre, wenn man den Garten mit Hortensien bepflanzen würde, wenn man

Holzstühle und kleine Tische aufstellte, an denen man Monaco servierte. Schnell verwerfe ich den Gedanken wieder.

MEINE MUTTER IST SCHWANGER. Ihr Bauch wird immer größer. »Jetzt bekommst du endlich dein Geschwisterchen«, sagt sie, das hätte ich mir doch so lange gewünscht. Sie legt die Hände auf den Bauch und streicht darauf herum, »manchmal tritt es schon«, sagt sie. Ich versuche, mich ein wenig zu freuen, und lege mein rechtes Ohr an ihren Bauch.

Manchmal male ich mir aus, wie es wäre, wenn der Freund meiner Mutter wieder verschwinden würde, wenn er seine Tasche und seinen karierten Schal von der Garderobe nähme und die Tür hinter sich schließe. Ich überlege, was ich machen könnte, damit er geht, damit meine Mutter und ich die Wohnung wieder für uns haben, bevor das Kind kommt. Ich denke darüber nach, etwas über ihn zu erzählen, etwas, das ich beobachtet habe, dass er zum Beispiel eine andere Frau küsst oder ihr Geld gibt. Er würde nach einem großen Streit gehen müssen.

Ich stelle mir vor, dass meine Mutter in der Küche am Tisch sitzt. Sie lässt die Augen nicht von ihrem Rezeptbuch und sagt mit einem Stift im Mund: »Jetzt sind wir also wieder allein, Juno«. Sie schaut kurz auf, drückt meine Hand fest. »Wenn du willst, kannst du wieder in dein altes Zimmer mit dem Balkon ziehen.« Sie steht auf und macht das Buch zu. Sie fragt mich, ob ich schon mal im Blumenladen nebenan etwas für meinen Balkon aussuchen will.

Ich weiß, dass nichts so wäre, wenn ihr Freund nicht mehr da wäre, dass ich nachts wieder allein zu Hause wäre, dass meine Mutter auch dann nicht mit mir zusammen auf den Friedhof ginge. Es wäre nicht schöner ohne ihn.

JULIE KOMMT IN DEN GARTEN, »genug geschlafen«, sagt sie, eine Tasse Tee in der Hand. Sie sieht mir beim Streichen zu. »Der Farbeimer stand in der Dusche, als ich zum ersten Mal im Haus war. Der muss noch von damals sein.«

Den Schlüssel habe sie schon vor acht Jahren bekommen, erzählt Julie und nippt mit spitzen Lippen an ihrem Tee. Sie habe schon vorher unermüdlich versucht, mit Frank Kontakt aufzubauen, habe angerufen, habe geschrieben, doch nie sei auch etwas zurückgekommen. Am anderen Ende wurde einfach aufgelegt, die Postkarten blieben ohne Antwort. Sie wärmt ihre Hände an der Tasse, sieht mich beim Reden nicht an. Irgendwann erhielt sie einen dicken, hellbraunen Umschlag mit deutschen Briefmarken, adressiert an ihre Mutter. Ihre Mutter war noch arbeiten. Es interessierte Julie nicht, dass der Brief nicht für sie war. Sie riss den Umschlag sofort auf, Papierfetzen flogen auf den Boden. Der Eisenschlüssel fiel aus dem Umschlag, er war in feines Seidenpapier verpackt. »Sehr geehrte Frau

Stephan, der Vater Ihrer Tochter ist gestorben«, stand in einem beiliegenden Brief, und dass dieser Schlüssel der Schlüssel zum Erbe der Tochter sei, dass sie ihn bewahren solle, bis die Tochter alt genug sei. Dass die Familie des Vaters damit nichts mehr zu tun haben wolle, dass das Haus also ganz und gar der Tochter gehöre.

Julie sei aus der Wohnung gegangen und habe sich auf eine Bank am Hafen gesetzt. Sie blickte auf die Segelboote und saß den ganzen Tag in der Sonne, bewegte sich kaum. Leute berührten sie an der Schulter und sprachen sie an, ob alles in Ordnung sei oder ob man ihr irgendwie helfen könne. Julie antwortete, dass ihr Vater soeben gestorben sei und dass da niemand helfen könne. Abends waren ihr Gesicht und die Arme verbrannt, obwohl sie sonst nie Sonnenbrand bekam, und auch am Rücken schälte sich die Haut.

Als ihre Mutter aus der Praxis kam, zeigte sie ihr den Brief und den Schlüssel. Zum ersten Mal sah Julie ihre Mutter schweigen. Sie erlaubte ihr nicht, sofort zum Haus zu fahren. Julie dachte kurz darüber nach, trotzdem zu fahren, aber dann beherrschte sie sich. Schließlich war es nur ein Haus, ein einfaches Haus in Frankreich, keine Einladung zu ihrem Vater nach Deutschland.

Sie musste noch drei Sommer warten, bis sie achtzehn war, sie machte den Führerschein und fuhr mit dem Auto, das ihr die Mutter geschenkt hatte. Ohne Pause fuhr sie durch, allein bis nach Coulard.

VOR MIR AUF DEM TISCH liegt weder Heft noch Stift. Meine Lehrerin ermahnt mich. Sie spricht ein paar Mal mit mir, und als ich in der folgenden Woche meine Sachen wieder nicht mitgebracht habe, muss ich vor die Tür und spaziere durch den Flur, immer hin und her. Ich presse mein Ohr an die Türen der anderen Schulzimmer, verstehe aber kaum etwas von dem, was gesprochen wird. Am Ende der Stunde darf ich zurück in meine Klasse.

Ich fische die Briefe von der Schule aus dem Briefkasten, ich weiß, was in ihnen steht. Ich lege sie meiner Mutter auf den Küchentisch neben das Kochbuch, das ihr Freund für sie gekauft hat, »Mama-Kind-Essen« steht auf dem pinkfarbenen Cover. Wenn meine Mutter in der Küche etwas kocht, das gut für sie und ihren Bauch ist, kann sie ihn nicht übersehen. Ich warte darauf, dass sie in mein Zimmer kommt und mich ermahnt, auf sie zu hören und Rücksicht zu nehmen, schließlich erwarte sie ein Kind. Am nächsten Tag finde ich die ungeöffneten Briefe zwischen der Reklame im Altpapier.

JULIE BRAUCHT NOCH EINIGE Tage, um gesund zu werden. Ich rufe Camille an. Wenig später steht sie vor der

Tür, in ihren Augen der Blick einer Frau, die nicht lange diskutiert. Sie drückt mir einen Medizinkoffer in die Hände. Ich solle das Fieberthermometer rausholen, sagt sie und lässt die Kofferschnallen aufschnappen. Aus dem Auto holt sie eine Daunendecke.

Camille schiebt Julie das Fieberthermometer in den Mund und redet schnell auf sie ein. Sie habe zu hohes Fieber, als dass sie sich jetzt hier mit dem, was gewesen sei, auseinandersetzen könne, sagt Camille, in ihrer Stimme schwingt etwas Zärtliches mit, etwas, das ich schon lange nicht mehr gehört habe. Camille hält Geschirrtücher unter warmes Wasser, faltet sie zu schmalen Streifen und legt sie Julie auf die Stirn.

»Für die Kranken gibt es Suppe«, sagt Camille. Sie steht hinter dem Herd wie hinter ihrem Tresen in der Bar und wärmt eine Suppe auf. Sie verteilt die Suppe in Schüsseln, reißt das mitgebrachte Baguette in Stücke.

Nach dem Essen steht Camille vor dem Haus und raucht ihre Zigarette. Sie starrt Löcher in die Luft, ihr Blick bleibt am Apfelbaum hängen, an Jans Haus. Ich frage mich, was damals war zwischen ihr und meinem Vater, den sie Frank nennt, ob es auch eine Geschichte zwischen ihnen gab, die sie mir verschweigt.

Manchmal ruht Camilles Blick auf Julie, die auf der Matratze unter der dicken Decke sitzt. Sie liest in den Büchern, die ich ihr gekauft habe, sie dreht am Rad des Transistorradios, auf der Suche nach der richtigen Frequenz.

Manchmal ruht ihr Blick auf mir. Ich sitze am Tisch, skizziere den Grundriss des Hauses. Immer wieder beuge ich mich über den Plan, gehe hinaus in den Garten und schaue mir alles ganz genau an, sammle Ideen.

Ich denke daran, auszuwandern, einfach hierzubleiben und meine kleine Wohnung zu kündigen, ein Umzugsunternehmen zu beauftragen und meine Möbel und Bücher einzulagern, auf unbestimmte Dauer in einen Container zu sperren.

Camille verabschiedet sich von uns und verlässt das Haus. Der Raum verliert an Wärme, ich hoffe, dass sie bald wiederkommt.

MANCHE SCHÜLER RETTEN DIE Regenwürmer, die sich auf den asphaltierten Weg zum Schulgebäude verirren. Sie halten sie zwischen Zeigefinger und Daumen und tragen sie zur Wiese oder zu einem Baum, legen sie auf die Erde. Ich mag keine Regenwürmer, ich kicke sie vom Boden weg, sie fliegen nur schlecht und kommen gleich wieder auf. Wenn sie ein zweites Mal versuchen, vor mir über den Boden zu kriechen, zertrete ich sie und säubere meine Schuhsohle, streife sie im Gras ab. Auf dem Schulhof hätten sie sowieso keine Chance.

ICH BLICKE DURCH DAS FENSTER der Bar du Matin, ich sehe Camille, die im warmen Licht hinter dem Tresen steht. Die samtenen, roten Polster der Stühle nehmen das Licht auf und verbreiten eine Stimmung, in der man sitzen und warten will, bis die Ruhe des Lichts in einem selbst ankommt. Ich denke an das Rätsel, das Camille für mich gelöst und das sie mir gleichzeitig aufgegeben hat.

Die Kellner nehmen Camilles Aufgaben mit einem Lächeln an. Camille ist nicht so beflissen und bedacht darauf, alles perfekt zu machen, trotzdem macht sie alles mit der Aufmerksamkeit, die man sich als Gast wünscht.

Manchmal setzt sich Camille zu ihren Gästen. Bevor es den Gästen unangenehm wird, klopft sie kurz auf die Tischplatte, nickt ihnen zu und verschwindet wieder hinter dem Tresen, setzt hinter dem Zapfhahn dem Bier Schaumkronen auf.

Es sind nicht die Betrunkenen oder die Familienväter, die Camille verliebt ansehen. Es sind die, die im Sommer auch an der Küste arbeiten und die überlegen, ob sie im nächsten Jahr überhaupt wiederkommen sollen. Sie fragen Camille nach Familie und Kindern und dann nach einem Treffen, doch Camille lächelt nur still und schüttelt den Kopf. »Drei Mal nein«, sagt sie, während sie die Gläser ins Spülbecken taucht.

Die Kerzen auf den Tischen sind heruntergebrannt. Camille bittet die letzten Gäste, nach Hause zu gehen, fegt mit der Hand die Krümel von den Tischflächen und wischt feucht nach.

IM WINTER KOMMT ANNA zur Welt. Mutter, die sich an der Kommode im Flur abstützt, als die Wehen beginnen, die sich zusammenkrampft, als das Wasser aus ihr herausstürzt. Auf der Kommode steht der hölzerne Nussknacker mit dem weißen Bart und dem roten Gewand, in seinem Mund eine Nuss. Er fällt herunter, sein Kopf bricht ab und die Nuss schwimmt im Fruchtwasser auf dem Dielenboden. Der Freund meiner Mutter, der in den Flur rennt, der sie mit seinem Auto zum Krankenhaus fährt.

Ich warte zu Hause. Ich warte, dass das Telefon klingelt und sie mir sagen, dass ich jetzt kommen und meine Schwester im Arm halten, ihre kleinen Hände anfassen kann, aber das Telefon klingelt nicht.

Mir ist kalt. Der Backofen bollert seine Hitze in die Küche. Der Freund meiner Mutter kommt am Abend alleine nach Hause, ich sitze am Küchentisch und mache die letzten Hausaufgaben, das Telefon liegt noch immer neben mir. Meine Mutter und Anna müssten noch zwei Tage im Krankenhaus bleiben, sagt er, dann könnte ich die Kleine auch kennenlernen. Er nimmt die Bilder von Frida Kahlo von der Wand im Flur ab. Die Frau mit den Gewehren im Körper verschwindet. Meiner Mutter fällt das nicht auf, als sie nach Hause kommt.

Meine Mutter trägt Anna auf dem Bauch, in einem schwarzen Tragegurt, den sie sich umgeschnallt hat. Sie kann nicht mehr arbeiten und schreibt eine Anzeige für die Lokalzeitung, die neben anderen Jobangeboten in der Wochenendausgabe abgedruckt wird.

Die Frauen, die zum Vorstellungsgespräch in unserer Küche sitzen, manche haben mehr Buchhandelserfahrung, manche weniger. Sie alle tragen Kleider, wie meine Mutter sie früher auch trug, als sie auf dem Flohmarkt neue Bilderrahmen, Teller und Schüsseln kaufte, als sie noch jeden Mittag in der Buchhandlung kochte, als sie mit mir zusammen an Weihnachten ›Hört der Engel helle Lieder‹ sang, als sie auf der Schaukel saß und mein Vater sie anschubste, der Rasenmäher bretternd daneben stand.

JULIE HAT KEIN FIEBER und keine Kopfschmerzen mehr, sie hat ihr Matratzenlager aufgelöst. Sie stellt morgens das Transistorradio an, das Geplapper der Moderatoren im Hintergrund, sie macht sich fertig für die Bar. Obwohl sie ein Kindermädchen gehabt habe, gab es Tage, an denen niemand mit ihr redete und sie das Radio anstellte, wie alte Omas es tun, sagt sie. So hatte sie immer das Gefühl, dass da noch jemand war.

Ich sitze am Tisch, trinke Milchkaffee und denke, dass ich jetzt alles weiß, und dass ich meine Sachen in die Jutebeutel packen und die 1400 Kilometer wieder zurückfahren könnte. Ich überlege, Julie das Haus zu schenken, damit sie etwas hat, das ihr allein gehört, etwas, das sie dafür entschädigt, dass ihre einzige Erinnerung an unseren Vater nicht echt ist, sondern einem Foto und der Erzählung ihrer Mutter entnommen.

Bevor Julie aus dem Haus geht, dreht sie sich noch einmal um. Wir müssen uns noch überlegen, welche Farben die fehlenden Fliesen im Bad bekommen sollen, überhaupt, es gebe noch so viel zu entscheiden, sagt sie, als könnte sie meine Gedanken lesen. »Du solltest bleiben«, sagt sie.

WIR HABEN VIELE NEUE IDEEN. Mein Vater ist vor zwei Wochen aus der Klinik gekommen und es geht ihm gut. Die Ärzte hatten uns gewarnt und gesagt, nicht immer gäbe es Fortschritte nach den langen Therapien, zu oft ändere sich gar nichts und die Familie sei darüber enttäuscht. Aber wir sind nicht enttäuscht, denn es gibt nichts, das uns enttäuschen müsste. Mein Vater steht morgens vor meiner Mutter auf, manchmal fährt er mit dem Fahrrad in die Stadt und holt frische Brötchen. Er spricht von Reisen in südliche oder in asiatische Länder oder auf Inseln, für die er uns Flugtickets buchen will, er spricht von einem neuen Job, den er suchen will, er spricht vom Garten, den er verändern möchte, die Gemüsebeete sollen größer, die Rasenfläche soll verkleinert werden. Er spricht davon, alte

Freundschaften wieder zu aktivieren. Mein Vater hat Pläne und die ganze Zeit redet er mit einem Glanz in den Augen über sie, beim Sprechen macht er ausladende Gesten. Meine Mutter, die leise über den Tisch hinweg seufzt, es ist ein glückliches Seufzen. Sie ist erleichtert.

Mein Vater und ich wünschen uns Tiere, richtige Haustiere, die wir aussuchen und die wir jeden Tag pflegen können, nicht nur die Katze, die die meiste Zeit allein draußen verbringt. Wir versuchen, meine Mutter zu überreden. Wir haben doch genug Platz hier im Haus und auch im Garten, bitte, flehe ich sie an. Sie müsse sich auch nicht um die Tiere kümmern, und wenn sie wolle, müsse sie sie noch nicht einmal sehen, wir können uns nämlich auch Wildgänse vorstellen oder kleine Wollschweine, die wir im Garten halten. Wir haben keine Nachbarn, die gestört werden können, und Geräusche gäbe es auch kaum. Doch meine Mutter bleibt stur.

DER TAKT DER TAGE in Coulard verändert sich. Die Besucher in der Bar du Matin werden weniger, es kommt kaum mehr jemand, der Muscheln essen, der Cidre oder Wein trinken will. Die kleinen Kioske, an denen man Postkarten, Luftmatratzen und Zeitschriften kaufen kann, verkürzen ihre Öffnungszeiten. Am Strand werden keine Surfbretter und Boote mehr verliehen. In der Stadt sehe ich, wie die

Urlauber ihre Familienautos beladen und einsteigen, wie sie die Sonnenblenden oder Tücher von den Fenstern abnehmen und losfahren, in ein Leben mit Struktur, mit frühem Aufstehen und Arbeiten, mit Kindergarten und Schule, mit Hausputz und Mittagessen.

Julie hat immer öfter frei. Wir liegen auf Bastmatten im Sand und sehen aufs Meer, auf die Bojen und die kleinen, bretonischen Wellen, die gegen den Strand schlagen und langsam näher kommen.

Julie zündet sich eine Zigarette an. Ob Jan wiederkomme, frage ich sie, und sie lässt sich Zeit mit einer Antwort. Seit sie hierherfahre, sei er jeden Sommer auch in seinem Haus gewesen, und jedes Jahr habe er mehr Modelle gehabt, sagt sie und zieht sich ihr T-Shirt aus. Wahrscheinlich sei er auch nächstes Jahr wieder hier und versinke in den Papierstapeln in seinem Arbeitszimmer, manchmal sitze er tagelang in seinem Haus und hänge im ganzen Zimmer Pläne auf, auch an die Fenster. Oft falle ihm gar nicht auf, dass kaum ein Lichtstrahl mehr ins Zimmer komme. Sie wisse nicht, ob er wirklich Architekt sei, auf Fragen gebe er ungern Antworten, sagt sie, aber seine stille Art beruhige sie. Sie drückt ihre Zigarette im Sand aus, steht auf und läuft zum Wasser. Für einen Kopfsprung ist es zu flach. Sie lässt sich sanft ins Wasser gleiten, taucht kurz unter und schwimmt los, krault an den Bojen vorbei, bald kann ich sie kaum noch sehen.

Mein Handy liegt auf dem Küchentisch und blinkt. Meine Mutter hat mir eine SMS geschrieben. »Hallo Juno, wie geht's dir?«, lese ich. »Wann kommst du zurück?« Ich lese die SMS noch einmal und weiß nicht, was ich antworten soll. Ich lege das Handy zurück auf den Küchentisch.

Julie steht unter der Dusche und wäscht sich den Sand vom Körper. Ich sehe mich im Spiegel an. Ich sehe mein Haar, es ist von der Sonne hell gesträhnt. In Gedanken höre ich Julies Worte, höre, wie sie sagt: »Du solltest bleiben«.

DER SPIEGEL IM BADEZIMMER ist beschlagen, es riecht nach Babyöl. Anna sitzt in der Wanne und hat Schaum auf der Handfläche. Sie klatscht in die Hände, ein bisschen Schaum wirbelt durch die Luft. Meine Mutter sitzt am Beckenrand und passt auf, dass nichts passiert. Ich putze die Zähne und gucke den beiden zu. Meine Mutter nimmt etwas Shampoo in die Hand. »Augen zuhalten«, sagt sie zu Anna und massiert das Shampoo in Annas Haare. Anna soll den Kopf zurückhalten, mit der Brause wäscht meine Mutter ihr das Shampoo wieder aus den Haaren. Ob sie nachher zu mir ins Zimmer kommen könne, frage ich meine Mutter. Anna steht auf, sie ist fertig mit Baden. »Geht das auch morgen?«, fragt sie, »heute ist noch so viel zu tun.« Sie hält ein Badetuch mit Zipfelmütze um Anna, rubbelt sie ab. Anna rennt kichernd aus dem Bad. »Wir müssen noch die Haare föhnen!«, ruft meine Mutter. »Was gibt es denn so Wichtiges?«, fragt sie mich, sie zieht sich vor dem Spiegel den Lippenstift nach und kämmt ihre Haare.

JULIE STEHT IM GARTEN und wechselt den Film. Sie sei froh, dass Jan wenigstens ihre Kamera hiergelassen habe, sagt sie. Sie hat mir ihr malvenfarbenes Kleid geliehen. Wir tragen den Tisch unter den Apfelbaum, Julie positioniert die Kamera auf ihm. Sie will, dass auch die Fensterläden und die Lavendelsträucher zu sehen sind. Die Sonne scheint schräg durch die Äste des Apfelbaums und wirft ein helles, sich bewegendes Muster an die Hauswand. Ich warte darauf, dass Julie die Taste für den Selbstauslöser drückt, ihr Medaillon baumelt über der Kamera. Lichtpunkte wandern über ihr Gesicht. Sie stellt sich neben mich, ihr Arm an meinem. Es blitzt und ich höre unser Lachen, ich höre, wie es miteinander klingt, als höre ich Fremden zu. Es blitzt noch einmal und noch einmal.

MEINE MUTTER, ANNA UND ich sind in der Stadt. Schon den ganzen Vormittag ziehen wir durch die überfüllten Geschäfte. Es ist Advent, Anna ist zwei Jahre alt. Mutter trägt Anna noch immer mit einem Gurt an ihrem Körper, ich frage mich, wie lange sie das noch machen will, schließlich wird Anna auch älter und schwerer und der Rücken meiner Mutter sieht nicht aus, als würde er kräftiger und breiter. Ich bin über und über mit vollen Plastiktüten bepackt, ich trage die Weihnachtseinkäufe meiner Mutter, die Lebensmittel und die neuen Kleidungsstücke für Anna. Immer wenn Anna ein Stückchen wächst, hat meine Mutter schon das passende nächstgrößere Teil.

Wir kämpfen uns durch den grauen Schneematsch. Plötzlich flattern Tauben auf, ein ganzer Schwarm, der aus dem Nichts kommt. Sie flattern auf uns zu, als habe jemand Trockenfutter für sie über uns ausgeschüttet. Sie schlagen aufgeregt mit den Flügeln, scharren sich um uns. Ich halte die Luft an und laufe weg. Ein paar Meter weiter bleibe ich stehen und sehe zurück. Meine Mutter, die versucht, Annas Kopf mit den Händen zu schützen. Anna, die sich kaum bewegt, die vielleicht von alldem nichts mitbekommt. Meine Mutter, die nicht in meine Richtung blickt. Trotzdem kann ich die Panik in ihren Augen erkennen.

Es ist bereits dunkel, als wir zu Hause ankommen. Ich nehme die Post mit hoch. Die Karte ist nachadressiert. Auf dem Adressfeld ein Aufkleber, darauf unsere Namen und unsere neue Anschrift. Meine Mutter und ich stehen im Wohnungsflur und lesen die Karte, Jahre nachdem sie abgeschickt wurde.

»Meine lieben Frauen«, lesen wir, »die Termine hier sind wie jedes Mal anstrengend, aber ich kann jeden Tag im

Meer schwimmen. An den Tagen, an denen Ebbe ist, bleibt mir nur das Schwimmbecken, wo das Flutwasser zwar aufgefangen wird, ich mich aber ein bisschen eingesperrt fühle. Abends sind die Familien weg, dann habe ich das Becken fast für mich allein. Es küsst euch euer Frank«. Darunter steht ganz klein ein Nachtrag: »Liebe Juno, diesen Sommer will ich dir das Tennisspielen beibringen. Papa«

Meine Mutter küsst Anna auf die Schläfe, schnallt sich den Tragegurt ab. Sie legt Anna in ihr Bett. Sie nimmt mich an die Hand, wir gehen in mein Zimmer. Meine Mutter schließt die Tür hinter uns und nimmt mich in den Arm. Sie hält mich fest. Sie legt ihren Kopf auf meine Schulter und ich spüre, wie ihre Tränen durch meinen Pullover dringen.

ICH STEIGE INS AUTO. Julie wird noch ein paar Tage in Coulard bleiben. Sie will Camille helfen, die Bar du Matin winterfest zu machen. Camille hat versprochen, dann und wann nach unserem Haus zu schauen und uns zu schreiben. In ein paar Tagen wird Julie auch ihren Koffer packen und sich von Camille zum nächsten Bahnhof fahren lassen. Sie wird sich erst in einen klapprigen und lauten Zug setzen, in dem sie nicht schlafen kann, dann wird sie umsteigen. Im zweiten Zug wird die Landschaft verschwommen am Fenster vorbeischnellen, die Klimaanlage wird so stark sein, dass Julie Gänsehaut bekommen wird.

Im Rückspiegel sehe ich Julie vor dem Haus. Es erinnert nur noch wenig an das Haus auf dem Polaroid, das ich vor drei Wochen in einem muschelweißen Umschlag in meinem Briefkasten fand, als der Sommer so heiß war, dass nichts anderes half, als sich in eine Badewanne mit kaltem Wasser zu legen und unterzutauchen.

MEINE ERSTE EIGENE WOHNUNG liegt auf dem Weg von der Wohnung meiner Mutter zu unserem alten Haus, in einer Straße, in der nur Altbauten stehen. Direkt unter meiner Wohnung ist die Bäckerei, in der ich früher immer Brötchen für meine Eltern gekauft habe. Mitten in der Nacht, im Halbschlaf, höre ich, wie die Verkäuferinnen die Stühle an die kleinen runden Tische rücken. Erst Stunden später klingelt mein Wecker und ich kaufe mir ein Brot. Die Verkäuferinnen wedeln mit Papptellern die Wespen weg, die unter der Vitrine auf dem süßen Plundergebäck sitzen.

Wenn ich nicht arbeiten muss, sitze ich in meiner Küche. Manchmal stehe ich auf und drehe die Blumen auf der Fensterbank um hundertachtzig Grad. Ich will, dass sie gerade wachsen. Jeden Tag recken sie ihre Köpfe wieder schräg zum Fenster und zur Sonne, als würden sie an einem Faden gezogen werden.

Später am Tag gehe ich durch meine Straße, die wie ein

kleines Dorf scheint. Immer wieder begegnen mir die gleichen Leute, immer wieder stehen im Gemüseladen die gleichen Personen vor und hinter der Kasse. Es gibt eine Post, eine Änderungsschneiderei, eine Bankfiliale, einen Italiener und eine Reinigung, fast alle Geschäfte sehen aus, wie aus einer vergangenen Zeit, als habe sich in den letzten zwanzig Jahren hier nichts verändert.

DIE SONNE STEHT HOCH über dem Feld. Die flirrende Hitze hat fast alle Insekten vertrieben. Nur ein paar Grashüpfer kleben an den Ähren, ein Maikäfer fliegt surrend und unkoordiniert seine Schlaufen. Ich habe das Fahrrad in den Weizen gelehnt, blicke in die Richtung unseres alten Hauses.

IN GUMMISTIEFELN UND STRICKJACKEN stehen wir im Handwerkerladen von Coulard. Es ist Frühling. Julie und ich lassen uns Farben mischen. Abwechselnd tragen wir dem Verkäufer unsere Wünsche vor, fragen nach Deckkraft, Strahlkraft und verschiedenen Nuancen. Wir kaufen Rollen und Pinsel in verschiedenen Größen, kaufen Tapeten und Kleister. Der Verkäufer hilft uns, die Sachen in den Kofferraum zu laden, und leiht uns eine Leiter.

Wir halten an einem Blumenladen. Wir kaufen die

größten Hortensien, wir kaufen die, deren Blüten am ausladendsten sind, wir kaufen sie in Blau, Weiß und Rosa.

Julie taucht die Rolle tief in die Farbe ein und lässt Strich um Strich das dreckige Weiß des Hauses unter einer frischen weißen Schicht verschwinden. Julie trägt ein altes kariertes Hemd, das wir im Haus gefunden haben. Ihr dickes, hellbraunes Haar ist weit oben am Kopf zu einem Pferdeschwanz gebunden. Manchmal legt sie die große Rolle beiseite und tauscht sie gegen einen Zug an ihrer Zigarette. Sie raucht genauso wie Camille, nicht hastig und ihre Lippen sind nicht streng gespitzt, sie hat die Augen beim Einatmen geschlossen.

Camille hat im Winter das Bad für uns renovieren lassen. Handwerker haben Fliesen verlegt und alles verfugt, die neuen Fliesen sind größer als die alten.

Ich sitze im Garten und grabe Löcher in die Erde, setze die Pflanzen ein. Unter meinen Fingernägeln sammelt sich der Dreck. Rund ums Haus pflanze ich die Hortensien. In einem stillen Einverständnis arbeiten Julie und ich nebeneinander, ohne zu reden, ohne das Transistorradio laut drehen zu müssen.

Wir warten auf Jan. Bald wird er mit seinem Transporter vor dem Haus halten. Vielleicht wird Jan sagen, dass er kein Innenarchitekt sei und nur Häuser und Brücken entwerfe, keine Möbel. Aber wenn er uns an unserem Haus arbeiten sieht und bei sich nur Pappe, Holz und Klebstoff, wird er es sich vielleicht anders überlegen. Wir werden ihm zur Inspiration Fotografien von Betten, Schränken und Tischen an sein Flipchart kleben. Wir werden in seinen Transporter steigen und erst das richtige Werkzeug, dann das passende Holz besorgen. Wir werden in unseren Gärten sägen, hämmern und schrauben, Späne werden das Gras bedecken, mit den Resten machen wir ein Feuer.

Vielleicht werden wir das Haus eines Tages an Touristen vermieten, an Einheimische verkaufen oder eine Eisdiele eröffnen. Auf der Markise, in fein geschwungenen Buchstaben: Juno et Julie. Jetzt aber renovieren wir das Haus für uns und den Sommer, der kommt. Abends sitzen wir zusammen am Küchentisch, wir zünden eine Kerze an, wir schmieren uns Brote, wir essen Bratkartoffeln mit Spiegelei. Zwischen uns an der Wand das Polaroid, das ich vor nicht einmal einem Jahr in einem muschelweißen Umschlag in meinem Briefkasten fand. Schräg darüber gepinnt Julie und ich, Arm an Arm stehen wir nebeneinander im Garten, das Abendlicht wirft ein helles Muster an die Hauswand.